DUGA

DIE WAHRE KÖNIGIN AUS DEM REGENBOGENLAND

WAHRER MENSCH

Impressum

Autor: Wahrer Mensch

Korrektor: Ilonka Männel

Gestaltung der 4 Wesen: Marcel Thelemann

Gestaltung des Covers, der restlichen Bilder und Rückmeldungen: liebe Mitmenschen

Erstausgabe: 01.01.2024

Druck: epubli – ein Service der Neopubli GmbH, Berlin

Verlag: Wahrer Mensch

Onlinepräsenz

Homepage: http://www.duga.at

Mail: info@duga.at

Telegram: https://t.me/Duga_Regenbogenland

Die PDF-Version dieses Buches kann kostenlos von der Homepage heruntergeladen werden.

Rückmeldungen

Im letzten Kapitel sind Beiträge von Lesern abgebildet, welche die Entstehung des Buches begleitet haben und dabei ihren jeweiligen Gedanken, sowie Gefühlen einen Ausdruck verliehen.

Gerne nehme ich weitere Antworten in bildlicher Darstellung oder wörtlicher Form - per Mail entgegen und veröffentliche diese dann auf der Homepage

Danksagung

Es ist mir eine aufrichtige Freude, an dieser Stelle meinen tiefsten Dank und meine Wertschätzung auszusprechen für all die wunderbaren Menschen, die dazu beigetragen haben, dieses Werk zu verwirklichen. Ohne eure Unterstützung, eure wertvollen Beiträge und eure Inspiration hätte dieses Buch niemals seine volle Pracht entfalten können.

In tiefer Dankbarkeit,

Wahrer Mensch

Vorwort

In den Seiten, die vor dir liegen, ruht die Essenz meiner Gedanken, gewoben in Worte, die nach Verständnis suchen. Dieses Buch ist eine Gabe an die Seele der Welt, ein Lied der Worte, das nicht nach materiellem Gewinn strebt.

Möge es als eine Liebeserklärung an die Menschlichkeit dienen, als ein Geschenk, das ohne Erwartung zurückgegeben wird. Die Geschichte, die hier geteilt wird, ist nicht für mich allein, sondern für dich, für uns, für die gemeinsame Reise in eine neue Sphäre.

In diesem Geiste erhebe ich keinen Anspruch auf ein Honorar, denn der wahre Schatz dieses Buches liegt in den Herzen derer, die es lesen. Möge es ein Begleiter sein auf deinem Weg, ein stiller Freund in Stunden der Einsamkeit und ein Quell der Inspiration für dein eigenes Erblühen.

Mögen diese Worte nicht nur meine Gedanken reflektieren, sondern auch das Echo deiner eigenen inneren Melodie sein.

Mit Liebe und Licht,

Wahrer Mensch

Duga

Die wahre Königin aus dem Regenbogenland

EINLEITUNG

Duga, die wahre Königin aus dem Regenbogenland. Eine Geschichte für Kinder - aber nicht nur.

In der Geschichte von Duga erzähle ich euch, wer die wahre Königin aus dem Regenbogenland ist und was sie auf ihrer Reise erlebt hat. Aber um die Reise selbst zu verstehen, werde ich euch zuerst erzählen, was das Regenbogenland ist.

Wo ist das Regenbogenland? Wer hat es erschaffen? Gibt es dort Leben? Wenn ja, wie sehen dessen Bewohner aus? Viele Fragen, auf welche ich euch im ersten Teil der Geschichte versuchen werde, eine Antwort zu geben. Also - kommt mit - ich erzähle euch ein wenig über das Regenbogenland.

Das Regenbogenland

Tja, liebe Kinder, wie soll ich euch das Regenbogenland nur beschreiben? Das ist nicht einfach. Aber ich gehe davon aus, dass ihr mich besser verstehen könnt als eure Eltern. Das liegt daran, dass ihr diese Welt noch mit anderen Augen seht und mit all euren Sinnen wahrnehmt. Erwachsene sehen die Welt mit ihrem Verstand, sie glauben zu wissen, was diese Welt hier ist und verlieren dadurch ihre spielerische, offene und kindliche Art. Ihr Kinder hingegen denkt weder an gestern noch an morgen. Ihr springt in eine Pfütze, ohne darüber nachzudenken, was die Folgen davon sind. Ihr macht es einfach - weil es Spaß macht.

Es ist diese Freiheit in euren Gedanken, welche euch ermöglicht die Fantasie zu eurer Realität werden zu lassen.

Also was ist das Regenbogenland? Ihr alle habt schon Regenbögen gesehen, richtig? Was macht ihn so schön für uns? Er zeigt uns alle Farben, welche wir wahrnehmen können. Gibt es Schwarz in diesem Regenbogen? Nein. Gibt es Weiß darin? Vielleicht würdest du auch nein sagen, da du es nicht sehen kannst - aber ja - es gibt das Weiß im Regenbogen, denn alle Farben zusammen ergeben die weiße Farbe. Natürlich nicht im Malkasten, sondern auf Wellenebene.

Das Regenbogenland hat mit unserer Welt, in der wir leben, nicht viel zu tun. Es ist etwas komplett anderes. Es ist dasselbe, wie mit dem Regenbogen: Du siehst die weiße Farbe im Regenbogen nicht, aber alle Farben zusammengenommen ergeben Weiß. Du siehst die Farbe Schwarz im Regenbogen nicht, da Schwarz die Abwesenheit von Licht bedeutet.

Das Regenbogenland ist eben dieses Weiß, das keinen Schatten wirft. Wo es kein Gestern und kein Morgen gibt, sondern immer nur den jetzigen Moment. Es ist genau so, wie wenn du in eine Pfütze reinspringst. Und, macht das Spaß? Oh jaaa, wirst du rufen. Und im Regenbogenland ist es genau so, wie du dich in diesem Moment fühlst.

Wie gelangt man ins Regenbogenland?

Mit Worten, welche wir hier auf dieser Welt verwenden, ist es tatsächlich nicht möglich, das Regenbogenland selbst zu beschreiben. Man könnte Wörter wie „Märchenland“ oder „Schlaraffenland“ verwenden. Aber es sind wiederum nur Wörter. Erst wenn man diese Welt selbst erlebt hat, wenn man sich hineinbegibt, versteht man, was das Regenbogenland wirklich ist.

Abseits des Regenbogenlandes findet man eine Art Geburtsstation, sie ist der einzige Weg ins Regenbogenland und ist identisch mit dem, was es auf unserer Erde gibt. Das heißt hier leben Menschen, Tiere, Pflanzen usw.. Ich nenne diese Geburtsstation der Einfachheit halber „Erde“.

Die Menschen, welche auf der Erde leben, wissen jedoch nichts mehr vom Regenbogenland, da sie es mit der Zeit vergessen haben. Sie meinen sie verbringen, ebenso wie die Tiere, einige Jahre in diesem Lebensraum. Jedoch kann ein hilfsbereiter, frommer Mensch, welcher sich stets um seine Nächsten liebevoll bemüht und ins Regenbogenland strebt, mit diesem Tun, durch die offene Pforte ins Regenbogenland gelangen. Dort wird er dann neu geboren.

DIE VIER FABELWESEN DER MENSCHEN

Jeder Mensch auf der Erde ist von vier verschiedenen Fabelwesen umgeben, welche zu ihm gehören, genauso wie seine Arme oder Beine. Diese Wesen kann er natürlich nicht sehen, aber sie sind immer bei ihm. An jedem Ort und zu jeder Zeit. Warum braucht es diese Wesen? Diese vier Begleiter versuchen dem Menschen zuzuflüstern, was er tun und wie er seine Zeit verbringen soll. Zudem, und das ist ganz wichtig zu verstehen, hört das Geflüsterte der Wesen nicht nur der Mensch selbst, sondern auch all die anderen Wesen der ihn umgebenen Menschen.

Die vier Fabelwesen registrieren alles. Das bedeutet, dass sie jederzeit genau sagen können, wann der Mensch, welchem Wesen zugehört hat. Und somit entscheiden sie auch gemeinsam, ob dieser ins Regenbogenland geht oder eben nicht.

Diese vier Wesen sind um den Menschen verteilt und die meisten haben eine Ähnlichkeit mit Tieren und tragen sogar einen Namen. Im hinteren Bereich gibt es die Fee „Vila“, auf der rechten Seite den Kobold „Gnom“, auf der linken Seite den Drachen „Zmaj“ und im vorderen Bereich gibt es das Einhorn „Duh“.

Die Fee Vila

Die Fee Vila befindet sich also auf der hinteren Seite. Als Fee hat sie als einziges Wesen des Menschen eine menschliche Erscheinungsform. Sie hat rote Haare, ein grünes Kleid und Flügel. Diese sind bunt und der größte Teil davon ist blau gefärbt. Vila ist im Grunde neutral. Sie zeichnet alle Geschehnisse im Leben eines Menschen auf und speichert sie als Erinnerungen ab. Vila arbeitet entweder mit Duh, Gnom oder Zmaj zusammen.

Der Kobold Gnom

Der Kobold Gnom befindet sich auf der rechten Seite. Er ist ein etwas eigenartiger Zeitgenosse. Knorrig mit spitzen Ohren und einem roten Hut, dessen Ende nach hinten zurückgebogen ist. Er hat die Angewohnheit, seinen Kopf meist ein wenig nach unten zu neigen und mit den Augen geradeaus schielend immer darauf zu warten, den richtigen Moment auszunutzen, um den Menschen zu ärgern und ihm damit Angst und Aggression einzuflößen.

Gnom ist dafür zuständig, den Menschen mit einem bestimmten Problem zu beschäftigen, indem er ihn ständig daran erinnert und somit die Gedanken des Menschen immerwährend darum kreisen lässt, um ihn vom Kontakt mit dem Regenbogenland abzuhalten. Er verströmt einen kalten Hauch, den der Mensch aber als heiß empfindet.

Der Drache Zmaj

Der Drache Zmaj befindet sich auf der linken Seite und ist furchteinflößend und hinterhältig in seiner Erscheinung. Dagegen wirkt der Kobold Gnom fast schon wie ein friedliches Lämmchen. Zmaj ist direkt mit der Erde verbunden und unternimmt alles, um den Menschen vom Regenbogenland abzuhalten. Zmaj ist groß, hat eine schwarz-rote Färbung und große, wuchtige Flügel. Doch im Gegensatz zu Duh, dem Einhorn, ist ein Ritt auf ihm kein Honigschlecken, denn er ist laut und ungestüm und oft hinterlässt er großen Schaden und Verwüstung.

Er verführt den Menschen, indem er ihm einflüstert, andere Menschen zu betrügen, seine kostbare Aufmerksamkeit auf alles Materielle zu lenken und sich selbst als Mittelpunkt der Welt zu sehen. Also dieses „Ich, Ich, Ich“. Das macht er mit sehr großer List und Geschicklichkeit und kann dabei aufgrund seiner Lautstärke Furcht einflößen. Wenn das alles nicht hilft, greift er zu seiner stärksten Waffe, dem Feuer - welches aber auf den Menschen nicht heiß, sondern kalt wirkt. Die Menschen benutzen dafür den Ausdruck „mir lief es gerade kalt über den Rücken“.

Das Einhorn Duh

Das Einhorn Duh hält sich auf der vorderen Seite des Menschen auf und ist direkt mit dem Regenbogenland verbunden. Es hat ein wunderschön glitzerndes Fell mit leicht grün/blauer Färbung und ein langes, gewundenes Horn auf seiner Stirn. Duh hat auch Flügel, welche es ihm ermöglichen, sanft über die Landschaft dahinzugleiten, ohne einen Grashalm zu knicken. Das Einhorn ist etwas schüchtern, aber gutmütig und zutraulich zugleich. Seine großen, freundlichen Augen sind so unwiderstehlich, dass der dringende Wunsch aufkommt, es zu knuddeln, sobald es sich zeigt. Ein Ritt auf seinem Rücken ist absolut kein Problem, insofern man gelernt hat, Duh für sich zu gewinnen.

Duh flüstert den Menschen jene Gedanken ein, welche direkt vom Regenbogenland kommen und welche ihn somit ins Regenbogenland selbst bringen können. Aber es ist ein wenig schüchtern und so hält es sich zumindest anfänglich zurück. Erst wenn der Mensch ihm bewusst mehr Aufmerksamkeit schenkt, wird es aktiver.

LILLI UND MAX - EIN VERSCHNEITER WINTERTAG

Lilli und Max sind Geschwister. Lilli ist acht Jahre alt und Max ist gerade mal ein Jahr älter. Sie wohnen auf dem Land, in den Bergen, im Herzen Europas. Die Berge können hier ziemlich hoch sein, so hoch, dass das ganze Jahr über Schnee liegt. Die Täler sind schmal und so sagen manche Menschen, welche im Flachland leben, dass sie sich etwas eingeengt fühlen würden. Im Gegenzug können Menschen aus den Bergen mit dem Flachland meist nicht allzu viel anfangen.

Das Elternhaus der beiden Geschwister ist umgeben von Bauernhöfen mit allen möglichen Tieren wie Pferde, Kühe, Schweine, Hühner, Hasen und vieles mehr. Der Vater von Lilli und Max arbeitet bei der lokalen Molkerei, ihre Mutter betreut die beiden und organisiert den Haushalt. Gelegentlich hilft sie als Bürofachkraft aus.

Lilli und Max besuchen die Schule im Dorf. Den Großteil ihrer Zeit verbringen sie entweder in der Schule, beim Spielen zu Hause oder mit Nachbarskindern in der Natur. Die Wochenenden verbringen sie meist mit der Familie bei gemeinsamen Aktivitäten wie Ausflüge, Kirchenbesuche, Schwimmen, Skifahren oder anderen Freizeitaktivitäten.

Max ist für sein Alter etwas klein gewachsen. Er hat braunes Haar, braune Augen und einen markanten Blick, ist schüchtern und zurückhaltend. Mit zwei Jahren hat er erst zu reden begonnen, was sich in seiner Sprachentwicklung bis heute deutlich zeigt.

Lilli ist das genaue Gegenteil ihres Bruders. Sie konnte schon vor Max sprechen, obwohl sie um ein Jahr jünger ist und sie ist zudem ein kleiner Wirbelwind. Ihre langen, braunen Haare sind meist zu einem Zopf geflochten. Manchmal lässt sie sich von ihrer Mutter auch zwei Zöpfe binden, denn sie liebt die Geschichte „Pippi Langstrumpf".

Es ist Sonntag früh. Draußen zeigt der Winter so richtig seine Zähne. Frau Holle hat es bereits mächtig schneien lassen und dadurch, dass die Nacht so klar war, ist es frostig kalt. Lilli und Max schlafen noch. Ihr Vater hat das Haus bereits vor Sonnenaufgang verlassen, da er mit seinen Freunden zu einer Skitour aufgebrochen ist, von welcher er voraussichtlich erst am Abend zurückkehren wird. Die Mutter hat schon Feuer gemacht und das Frühstück vorbereitet, aber von den Kindern fehlt noch jede Spur.

Max dreht und streckt sich noch einmal in seinem warmen Bett. Er hat schlecht geträumt, ist deswegen etwas genervt und schlecht gelaunt. Es scheint, dass seine Schwester bereits eine Weile wach ist, als ihre Mutter zur Tür hereinkommt und ruft: „Lilli, Max, aufstehen, das Frühstück ist fertig."

Max hat auf dem Weg in die Küche seinen Traum eigentlich bereits vergessen, obwohl das Gefühl, welches er hinterlassen hat, Max immer noch begleitet. Aber es gibt Kakao und Weißbrot mit richtig dick aufgetragener Schokoladencreme. Oooh, Max liebt es, wenn er das Brot schön tief in den Kakao tunken kann. Das lässt ihn auch das letzte schlechte Gefühl an den Traum vergessen. Beim Essen schmatzt Max, was seine Schwester absolut nicht leiden kann. Max bemerkt nicht einmal ihren Unmut, da er damit beschäftigt ist, nicht allzu viel Kakao beim Reinbeißen in das fluffige Brot, neben die Tasse zu gießen.

Jetzt flüstert Gnom im schrillen Ton zu Lilli: „Kann dein Bruder nicht ein wenig mehr aufpassen? Er weiß doch, dass du das nicht magst! Das vermiest dir doch deinen ganzen Tag!“

Lilli sagt verbittert zu ihrer Mutter: „Mami, Max macht das doch mit Absicht.“

„Ach Schatz, lass ihn doch, das ist doch gar nicht schlimm!“

Nun flüstert Gnom mit eindringlicher Stimme: „Was weiß schon deine Mutter wie du wirklich fühlst! Wie immer ist sie auf der Seite deines Bruders. Das ist nicht fair, dass er alles machen darf und du musst dich wieder damit herumärgern. Komm, versuche ihn mit einem Fußtritt am Schienbein zu erwischen, vielleicht ist dann Ruhe."

„Auuuuuhhhh!!" schreit Max.

Lilli:
Duh: 0 Punkte / Zmaj: 0 Punkte / Gnom: 1 Punkt / Vila: 0 Punkte

Noch am selben Vormittag machen sich Lilli und Max im Wohnzimmer vor dem warmen Ofen breit. Draußen hat es begonnen zu schneien und ein leichter Wind ist aufgezogen. Es gab bereits zuvor Schnee, sodass die Landschaft in weiche, wohlige Watte eingehüllt ist. Die Bäume, die Wiesen, die Häuser, alles leuchtet in einer weißen, glitzernden Pracht. Umso schöner und kuscheliger ist es im Wohnzimmer, vor einem knisternden Ofen auf einem weichen Teppichboden.

Das Lieblingsspielzeug von Lilli und Max sind Legosteine. Mit den in verschiedenen Größen gestalteten bunten Bausteinen können sie jede Fantasie in die Realität umsetzen, von einem Haus bis hin zu einem Riesenbagger. Max verwendet geschickt zusätzliche Materialien, um seinen Bauwerken mehr Lebendigkeit zu verleihen. Holzperlen werden zum Beispiel zu Menschen, um zu zeigen, wie groß sein Riesenbagger ist. "Wie klein der Mensch doch ist", denkt Max sich dabei.

Lilli mit ihren mädchenhaften Einfällen baut lieber Häuser und lässt verschiedene Figuren darin leben. Sie kümmert sich darum, dass das Lego-Baby von ihrer Lego-Mutter gepflegt wird und die Lego-Oma kräftig mithilft. Lego-Opa wird in die Stadt geschickt, um fehlende Windeln zu besorgen, bevor er gemeinsam mit dem Lego-Papi nach Hause kommt. Lilli und Max sind vollkommen in ihrer jeweiligen Fantasie vertieft und alles läuft reibungslos.

Max ist gerade dabei seinen Bagger zu modernisieren. Er möchte die Führerkabine vergrößern und braucht dazu eine etwas größere Platte, da die kleineren Steine nicht ausreichen, um das Dach zu bilden. Er schaut sich um und entdeckt in der Nähe seiner Schwester eine noch nicht verwendete Platte. Perfekt. Genau in diesem Moment greift Lilli zu genau diesem Legoteil, um es als Garten vor dem Haus zu platzieren.

Der Drache Zmaj von Max meldet sich nun zu Wort: „Also wirklich. Wie kann das sein? Lilli hat doch gesehen, dass du bereits danach gegriffen hast. Und übrigens... erinnere dich. Das Lego hast eigentlich DU vor zwei Jahren vom Christkind erhalten. Vila, könntest du bitte ein paar Fotos von diesem Ereignis zeigen? Zudem bist du älter und stärker als sie."

Vila kramt eine Weile in ihrer Truhe. Und siehe da! Eine Erinnerung an den Weihnachtstag, vor fast genau zwei Jahren, kommt zum Vorschein. Wie stolz Max das Riesenset mit Legosteinen hält. Die Mutter sagt: „Cheeeese" und der Raum ist für kurze Zeit hell erleuchtet, für das Foto, vom neuen, stolzen Lego-Besitzer.

Von Zmaj vollends überzeugt, dass Lilli das absichtlich gemacht hat, reißt Max die Platte aus Lillis Hand und sagt:

„Das gehört mir!"

Schon vorbereitet auf das Geschehene, sagt Zmaj von Lilli in einschmeichelnden Worten: „Du hast Max in diesem Moment überhaupt keine Beachtung geschenkt. Er meint wohl, dass du das absichtlich gemacht hast, was nicht stimmt. Versuche zumindest um dein Recht zu kämpfen."

„Ich hatte es zuerst!" schimpft Lilli, während sie das Legobauteil erneut ergreift und versucht, es auf ihre Seite zu ziehen.

„Maaaax, sei kein Weichei. Du brauchst das doch, um deinen Bagger zu vervollständigen. Also komm, enttäusche mich nicht!" schnaubt Zmaj.

Max, der sich immer noch im Recht sieht, boxt unbedacht seiner Handlung Lilli auf den Oberarm, welche in Tränen ausbrechend, aufsteht und schreiend das Wohnzimmer verlässt, um nach der Mutter zu suchen. Zufrieden mit dem Resultat baut Max seinen Bagger aus und wird von Zmaj darin noch bestärkt:

„Gut gemacht. Du hattest das Recht dazu. Ich meine, was hast du schon falsch gemacht?" sagt Zmaj zufrieden.

Max:
Duh: 0 Punkte / Zmaj: 1 Punkt / Gnom: 0 Punkte / Vila: 1 Punkt

++++++

Es ist bereits Abend. Vater ist nach Hause gekommen und die Familie hat gemeinsam gegessen. Ofenkartoffeln mit Aufschnitt und Käse. Max und sein Vater mögen das besonders gerne. Dieser Geschmack der noch heißen Kartoffeln, mit der schmelzenden Butter, dazu ein wenig Salz. Beim Essen wurde gescherzt und gelacht und Vater hat von den Erlebnissen des Tages erzählt.

Es ist schon etwas spät. Die Eltern haben es sich auf der Couch gemütlich gemacht und sind ins Lesen vertieft. Die Mutter liest am liebsten Romane und der Vater bevorzugt Fachzeitschriften über verschiedene Wissenschaften. Lilli und Max haben sich wieder auf dem Teppichboden breit gemacht und hantieren mit allerhand Spielzeug. Dabei wird kräftig Lärm gemacht.

Gnom von Vater meldet sich zu Wort: „Du kannst dich nicht konzentrieren. Wie soll man bei diesem Lärm etwas verstehen. Die Kinder haben doch den ganzen Tag spielen können und jetzt, wo du gerne ein wenig Ruhe haben möchtest, nichts als Krawall!“

Bereits genervt und in etwas lauterer Stimme ruft Vater zu den Kindern: „Kinder! Seid bitte etwas ruhiger und macht nicht so viel Lärm. Es ist schon spät und bald sowieso Schlafenszeit!“

Gnom von Max nun ganz kokett: „Ohhh. Immer wenn es lustig wird, muss dein Vater den Spaß verderben. Warum sind Eltern immer so langweilig?“

Ohne über seine Worte nachzudenken, ruft Max laut: „Wir gehen aber noch nicht schlafen!“

Nun mischt Zmaj den Vater ein wenig mehr auf: „Kein Respekt. Wie sind die Kinder heutzutage frech geworden. Aber du bist immerhin der Vater und dein Wort hat Gewicht. Ob es ihnen passt oder nicht!“

Ungeduldig ruft Vater: „Max, wie oft soll ich dir sagen, dass du nicht immer so frech sein sollst. Morgen ist wieder Schule und daher ist jetzt Schlafenszeit. Und widerspreche mir nicht immer!"

Gnom und Zmaj von Max nun im Einklang: „Sei einfach nur zornig, traurig. Wie kann dein Vater nur so lieblos zum eigenen Kind reden? Du kannst jetzt weinen und hilfesuchend zu deiner Mutter laufen. Sie wird dich wahrscheinlich besser verstehen! Also, mach schon!"

Ein leichtes Wiehern ist zu hören hinter all dem Lärm. Es ist das Einhorn Duh von Max. Kaum hörbar sagt es: „Max, erinnere dich. Dein Vater ist müde, würde gerne etwas lesen und fühlt sich durch euch gestört. Ja, er könnte auch auf sein Einhorn horchen und somit in einer anderen Tonart sprechen. Aber er weiß doch nichts von Duh und hört nur auf Zmaj und Gnom. Versuche die Situation nun so gut du kannst zu lösen. Mach mich stolz, Max!"

Zmaj beginnt nun richtig wütend zu werden und Feuer zu speien. Max bekommt daraufhin Gänsehaut. „Was mischt du dich denn ein! Sei doch still. Dich will niemand hören. Max, höre nicht darauf. Wie ich dir bereits gesagt habe... versuche deinen Willen durchzusetzen und höre nicht auf dieses dumme Einhorn!" Während dieser letzten Worte wiehert Duh ganz leicht, was aber im Krawall der furchteinflößenden Worte von Zmaj untergeht.

Max hat bereits Tränen in den Augen und es läuft ihm kalt und warm gleichzeitig den Rücken hinunter. Er spürt diesen Schmerz der Verletzung und möchte das nun zur Schau stellen, sowie seinen Emotionen freien Lauf lassen. Aber nun dieser andere Gedanke. Wie soll er das einordnen? Das hat er vorher so noch nicht erlebt und er weiß nicht so recht, wie er sich verhalten soll. Auf der einen Seite der Schmerz durch die Worte der Kränkung, auf der anderen Seite diese zutrauliche Stimme, welche die Situation aus einer ganz anderen Perspektive sieht.

Sein Vater nur darauf wartend, dass er eine Show abzieht, um danach noch stärker seinen Willen durchzusetzen, blickt mit einem durchdringenden Blick auf Max. In diesem Moment denkt Max zu sich selbst:

„Wem bringt das etwas? Kann ich über meinen eigenen Schatten springen? Nachgeben? Was würden die anderen Stimmen dann sagen?“ denkt er zu sich selbst. „Ich kann es doch zumindest einmal probieren.“ meint er weiter.

Max steht mit nassen Augen auf und nähert sich langsam seinem Vater, der ihn immer noch erzürnt und genervt anschaut. In diesem Moment gehen Max weitere eingeflüsterte Gedanken durch den Kopf und er spürt eine Hitze und einen unglaublichen Druck von außen - doch er gibt dem allem keine Aufmerksamkeit mehr.

Weinend kniet sich Max auf die Kante der Couch und breitet seine Arme aus, um seinem Vater zu zeigen, dass er gerne umarmt werden möchte. Vater schaut ziemlich verdutzt und versteht in diesem Moment nicht, was da passiert. Er sieht die Gutherzigkeit in den Augen seines Sohnes und vergisst in diesem Moment, alles, was passiert ist und nimmt ihn einfach in den Arm.

Max sagt in diesem Augenblick: „Entschuldigung Papi, ich wollte dich nicht stören. Ich habe dich doch lieb!“

„Ist schon gut Max. Ich könnte manchmal auch etwas mitfühlender sein. Aber manchmal kann ich mich nicht beherrschen. Es tut mir leid, dass ich so aufbrausend zu dir war!“ In diesem Moment drückt Max seinen Vater noch mehr und schmiegt seinen Kopf an Vaters Brust.

Max/Vater von Max:
Duh: 1 Punkt / Zmaj: 0 Punkte / Gnom: 0 Punkte / Vila: 0 Punkte

++++++

Max liegt im Bett und denkt noch einmal über diesen interessanten Abend nach. Dann nimmt er sein Tagebuch, welches er vor einigen Tagen zu schreiben begonnen hat und macht folgenden Eintrag:

„Was für ein schöner Tag das heute war! Diese interessante Stimme im Kopf!“

Er malt noch ein großes Herz dazu und legt es anschließend zufrieden zur Seite. Er kuschelt sich unter die bereits warme Decke und meint zu sich selbst:

„Was ist da passiert? Es hat sich am Ende doch alles besser angefühlt oder etwa nicht? Ich muss in Zukunft aufmerksamer werden, wer und vor allem was mir jemand einflüstert.“ Und mit diesen Gedanken schläft Max ein.

Amadou - Ein Tag in der Wildnis

Amadou ist ein Junge mit 13 Jahren. Er wohnt in Mali, einem Land in Afrika. Dort ist es anders als in vielen anderen Ländern. In Mali gibt es nicht vier Jahreszeiten, sondern nur Regenzeit und Trockenzeit. Im Sommer, von Juni bis September, regnet es viel und es ist ein bisschen kühler als in der Trockenzeit, die von Oktober bis Mai dauert. Mali liegt in einer warmen Gegend, deswegen kann es auch Nächte mit weit über 20 Grad geben und an den heißesten Tagen im Jahr kann es sogar 40 Grad warm werden.

Amadou wohnt in einem Dorf, wo es viele Steine und Felsen gibt und es ist nicht so grün wie an anderen Orten. Trotzdem hat sein Volk gelernt, wie man Felder anlegt und darauf Ackerbau betreibt. Es gibt besondere Arten von Getreide, welche dort gut wachsen und die man zu Fladenbrot und Brei verarbeiten kann. Sie bauen auch Paprika, Bohnen, Zwiebeln und verschiedene Arten von Obst an. Amadous Stamm lebt nach alten Traditionen und heißt Dogon. Diese Menschen pflegen alte Rituale, welche mit der Natur und mit Dingen, die man nicht sehen kann, zu tun haben. Zum Beispiel verehren sie in bestimmten Zeremonien besondere Geister. Diese Rituale beinhalten Tänze, Masken und Körperbemalungen. Sie finden an ganz besonderen Tagen im Jahr statt. An diesen Tagen ist das ganze Dorf dabei und jeder hat eine besondere Aufgabe.

Amadou ist dunkelhäutig und hat kurzes, schwarzes, krauses Haar. Wenn man mit den Händen durch seine Haare fährt, fühlt sich das leicht nach einer Bürste an, welche ein wenig kitzelt. Er hat vier Geschwister und lebt mit seiner Familie in einem Haus aus Lehm mit einem Strohdach, am Fuße eines Berges. Das Dorf liegt entlang des Berges und auch auf dem Berg selbst, weil es dort sicherer ist vor Raubtieren und schlechten Wettereinflüssen.

✦✦✦✦✦✦

Es ist gerade Trockenzeit. Die Temperaturen in der Nacht sind so warm, wie in anderen Gegenden der heißeste Tag im Jahr. Amadou ist das gewohnt. Es ist früh am Morgen und heute wartet ein ereignisreicher Tag auf ihn. Schule am frühen Vormittag und ein Fest am Nachmittag. In der Schule lernt Amadou lesen, schreiben und rechnen. Es wird aber sein letztes Schuljahr sein, da es sich seine Familie nicht leisten kann, dass er eine höhere Schule besucht.

Amadou liegt wach auf seiner Matte neben seiner Schwester. Alle anderen schlafen noch. Das Haus, in dem er wohnt, besteht aus nur einem Raum. Dieser wird für alle Aktivitäten wie essen und schlafen benutzt. Dieser Raum hat nur zwei kleine Fenster und eine Tür, da bei mehreren Fenstern mehr Hitze ins Haus strömen würde. Es weht ein leichter Wind, welcher die Vorhänge an den Fenstern in Bewegung bringt.

Neben seiner Matte liegt eine Zeitschrift, welche Amadou nicht mehr aus den Augen lässt. Er denkt über dieses Ereignis vor ungefähr einem Monat nach, bei welchem ihm eine fremde weißhäutige Frau, diese Zeitschrift gegeben hat.

Es war gerade Ende der Regenzeit, als ein großes, robustes Auto in ihr Dorf kam. Der Fahrer redete in Amadous Sprache und wie es sich herausstellte, waren die anderen drei eine Familie aus Nordamerika, welche als Touristen zuerst die Gegend und dann ihr Dorf besuchten.

Das Fahrzeug hatte kurzzeitig angehalten und eine Frau im Alter von 30 Jahren war ausgestiegen. Die Frau wollte lediglich einen kurzen Besuch bei der versammelten Kindergruppe, in welcher sich Amadou befand, machen. Beim Auto wartete ein junges Mädchen, wahrscheinlich ihre Tochter, etwas ungeduldig auf ihre Mutter. Sie hatte ungefähr das gleiche Alter wie Amadou und blonde, schulterlange, gelockte Haare.

Die Frau roch anders als die Frauen im Dorf. Süßlich und verführerisch - ein Geruch, den Amadou nicht einschätzen konnte, obwohl er durch die Erkundung der Natur in seiner Gegend einen ausgeprägten Geruchsinn hatte und mit vielen verschiedenen Gerüchen in Kontakt gekommen war. Sie trug Kleidung, welche Amadou noch nie gesehen hatte und in welcher es nach Ansicht von Amadou ziemlich ungemütlich und warm sein musste. Zudem trug sie eine Sonnenbrille und einen Strohhut, um sich vor der Sonne zu schützen.

Sie hatte auch einen kleinen Rucksack bei sich, aus dem ein paar Papierecken einer Zeitung herausragten. Diese glänzten so schön in der Sonne und hatten die Aufmerksamkeit von Amadou erregt. Er schaute mehrmals nach dieser Zeitung und als die Frau dies bemerkte, kniete sie zu Amadou nieder, öffnete den Rucksack und gab Amadou die Zeitschrift, während sie ihn anlachte und über die Wangen streichelte. Danach stand sie auf, ging zu dem Mädchen, welches sie ungeduldig an die Hand nahm, um sie ins Auto zu zerren. Das Fahrzeug fuhr augenblicklich davon, nachdem die Frau die Tür hinter sich geschlossen hatte.

Alle Kinder um ihn herum wollten begutachten, was Amadou von der fremden weißen Frau bekommen hatte. Amadou stand aber nur da, immer noch beeindruckt vom Auftritt der Frau. Irgendwie hatte er das Gefühl, dass dies sein Geschenk war und er wollte es mit niemandem teilen, solange er nicht verstanden hatte, was in dieser Zeitschrift abgebildet war.

Er kann zwar den Text in der Zeitung nicht verstehen, jedoch sind die Bilder darin für ihn beindruckend. Es sind die Bilder vom Leben der Menschen in Nordamerika. Aber dies scheint so komplett anders zu sein, als das, was er bis dahin als sein Leben wahrgenommen hat. Stabile große Häuser, in welchen jeder sein Zimmer hat, asphaltierte Straßen mit Autos.

Menschen gehen einer Beschäftigung nach, wofür sie einen Lohn erhalten, wovon sie dann wiederum ihre Wünsche erfüllen können. Schöne Kleider, Smartphones, schöne Frisuren oder Schminke im Gesicht. Eigentlich alles Dinge, welche für Amadou bis dahin keine Rolle gespielt haben.

Seit diesem Moment hat sich jedoch das Leben von Amadou verändert. Immer wieder plagen ihn Gedanken und lassen ihn unruhig werden. So auch an diesem frühen Morgen, als er wieder einmal früher, als alle anderen erwacht ist und auf die wackelnden Vorhänge schaut. Neben ihm diese Zeitung, in welchem ein Leben abgebildet ist, das für ihn unerreichbar scheint.

Der Gnom von Amadou meint: „Amadou, was ist das doch für ein Leben? In anderen Orten auf der Welt geht es den Menschen so gut. Sie brauchen sich nicht um viel zu kümmern, gehen zur Arbeit, verdienen Geld. Damit können sie sich alles kaufen, was sie sich wünschen und wenn etwas Geld übrigbleibt, können sie sogar die Welt erkunden. Schau dich doch mal um hier! Ein Haus mit sieben Menschen zu teilen, das ganze Leben auf dem Feld zu rackern, nur um zu überleben!“

Amadou wälzt sich auf die Seite. Sein Magen ist unruhig von all den Gedanken. „Was kann ich schon tun?“ meint er zu sich selbst.

Amadou:
Duh: 0 Punkte / Zmaj: 0 Punkte / Gnom: 1 Punkt / Vila: 0 Punkte

✦✦✦✦✦✦

Die Schule ist aus und Amadou stürmt mit seinen Freunden auf den Pausenhof, um in Richtung Zuhause davonzurennen. Die Sonne brennt vom Himmel. Auf dem Heimweg durch die Straßen des Dorfes, entstehen ganze Staubwolken durch die vorbeilaufenden Kinder. Dem wird aber speziell heute keine Aufmerksamkeit geschenkt, denn heute beginnt das traditionelle Kanaga-Ritual. Es dauert mehrere Tage und es ist das bekannteste Fest im ganzen Jahr.

Dieses Jahr ist es das erste Mal, dass Amadou bei einem Ritual mithelfen darf. Gleich nach dem Essen, geht er gemeinsam mit seinem Vater zu jenem Ort, an welchem heute Abend getanzt und gesungen wird. Sein Vater hat eine aus Holz geschnitzte Maske bei sich, welche „Amma" genannt wird. Diese hinterlegen sie im Zentrum des Platzes.

Amadou hat diese Rituale in den letzten Jahren nicht bewusst wahrgenommen und so kann er sich zwar an die Tänze erinnern, nicht aber an den Sinn. Und so fragt Amadou seinen Vater:

„Was bedeutet diese Maske in der Mitte?"

Sein Vater antwortet ihm: „Sohn, diese Maske wird Amma genannt. Sie steht für den Schöpfergeist und sie wird am Abend von einem erfahrenen Tänzer getragen, welcher sich im Zentrum des Platzes bewegt. Amma wird von seinen 4 Söhnen umgeben sein. Einer für jede Himmelsrichtung. Diese 4 Söhne haben verschiedene Aufgaben. Sie schützen uns vor Unheil und bösen Geistern und sorgen für Wachstum und Fruchtbarkeit."

Amadou war von Anfang an nicht so sehr wie andere von diesen Festen überzeugt. Okay, das Fest an sich ist in Ordnung. Aber diese Rituale mit Geistern, in welchen um Fruchtbarkeit und Wachstum gebeten wird. Dieses Gefühl des Widerspruchs keimte erneut in ihm auf, als er an die Bilder in der Zeitung dachte.

„Wir hier beten für Fruchtbarkeit und leben inmitten von Felsen und dort leben sie im üppigen Grün, ohne solche Rituale," denkt sich Amadou.

Zmaj von Amadou pirscht sich nun an ihn heran. „Was seid ihr doch für lächerliche Kreaturen. Du hast es ja bereits erkannt, dass da etwas nicht stimmt. In die Luft springen, am Boden kriechen, sich mit allen möglichen

Dingen behängen. Einmal mit dem linken Fuß stampfen, dann mit den rechten. Und dann irgendwelche Geister anbetend auf eine bessere Ernte hoffend. Ihr seid so primitiv. Aber mach nur weiter so. Du wirst schon sehen, was es dir bringt.“

Dieser erneute starke Gedanke drückt noch mehr auf das Gemüt von Amadou. Seit Tagen dieses komische Gefühl wegen dieser Zeitung, nun diese Rituale. Amadou macht einen tiefen Atemzug, bevor er mit seinem Vater zurück nach Hause geht.

Amadou:
Duh: 0 Punkte / Zmaj: 1 Punkt / Gnom: 0 Punkte / Vila: 0 Punkte

✦✦✦✦✦✦

Der Tag in Mali endet immer zur gleichen Zeit. Es ist 18 Uhr - die Sonne verschwindet hinter dem Horizont und das Fest ist in vollem Gange. Amadou beobachtet die Szenen ganz genau. Ein Mann mit der Maske namens Amma steht in der Mitte und vollführt einen kunstvollen Tanz. Er wird umgeben von vier weiteren Tänzern, welche eine ähnliche Maske tragen. Diese drehen sich im Uhrzeigersinn um den Akteur in der Mitte. Dabei führen sie allesamt präzise synchrone Bewegungen durch. Bei jeder Haupthimmelsrichtung bleiben sie stehen und ändern den Tanzstil, bei welchem sie sich am Ende auf den Boden werfen. Sie werden von Menschen umgeben, welche an dem heutigen Tag speziell gekleidet und sogar bemalt sind. Sie unterstützen die Tänzer mit ihrem Gesang. Einige von ihnen haben außerdem große schwere Trommeln vor sich auf dem Boden stehen. Dabei erzeugen sie rhythmische, dumpfe, zu den Tänzen und Gesängen passende Klänge. Bei dieser Darbietung bekommt Amadou Gänsehaut.

Nachdem der Tanz sein Ende gefunden hat, nehmen die Tänzer die Masken ab und gesellen sich zu der Menschengruppe, welche als Zuschauer anwesend waren. Eine kleine Gruppe von Menschen versucht sich einen Weg durch die Menschenmassen zu bahnen. Es schaut so aus, als würden sie versuchen, eine Art von Tisch, mit einem speziellen Aufbau, in den noch verbliebenen freien Kreis in der Mitte zu schleppen. Dieses Exemplar ist wunderschön anzusehen und ist mit verschiedenen Fresken gestaltet, sowie mit einer ganz speziellen Farbe versehen. Daraufhin tritt der wohl Stammesälteste aus der Masse hervor und bewegt sich auf den Tisch zu. In seiner rechten Hand hält er einen langen Stab. Nun ist es still geworden. Mucksmäuschenstill.

Alle warten gespannt auf das, was der alte Herr zu sagen hat. Der Schamane, so nennen ihn hier alle, erhebt langsam seine linke Hand Richtung Himmel und beginnt zu singen, was Amadou aber nicht verstehen kann. Als das Lied verklungen ist, treten der Reihe nach Menschen mit bestimmten Lebensmitteln hervor und übergeben sie dem

Schamanen. Dabei nimmt dieser die Waren mit einem Kopfnicken an, dreht sich in Richtung Tisch und legt diese auf denselben, während er sich verneigt.

So geht es eine Weile weiter, bis der Schamane ein letztes Mal gen Himmel schaut und sich danach wieder zu den anderen Menschen stellt. Nun bewegen sich alle Richtung Dorfplatz, wo ausgelassen gefeiert wird.

Erst spät am Abend kehrt die Familie von Amadou zurück nach Hause. Müde von den Impressionen dieses Rituals, breiten sie gleich ihre Matten auf den Boden aus und legen sich zum Schlafen hin.

Amadou kann, so wie auch in den letzten Tagen, nicht einschlafen. Er versucht sich auf die linke Seite zu drehen, dann zur rechten. Die veränderten Atemgeräusche im Raum deuten darauf hin, dass seine Familie bereits eingeschlafen ist, während Amadou noch zur Decke starrt.

Der Gehirnnebel, welcher sich durch Zmaj heute Nachmittag in seinem Kopf gebildet hat, hat sich noch nicht gelegt, als Gnom zu Amadou meint: „Kannst wieder nicht schlafen, was? Ich weiß, du möchtest die große Welt sehen. Aber wie soll das aussehen? Hier kommst du nicht weg und es wird dich auch keiner unterstützen oder verstehen.“

Dieser Gedanke trifft auf die tiefsten Emotionen von Amadou und lässt sie noch stärker werden. Es wird ihm mulmig und der Bauch verkrampft kurz. Sein Atem wirkt zittrig und zum Ende hin einem Seufzer ähnlich. Frustriert und entmutigt denkt Amadou über seine heutigen Erlebnisse nach. Er fühlt sich eingeschränkt in diesem kleinen Dorf. Ohne jegliche Perspektive.

Er greift nach der Zeitung, welche er wie immer neben seiner Matte liegen hat und öffnet sie. Leichter Mondschein lässt zumindest grob die Bilder in der Zeitung erscheinen. Voller Sehnsucht sieht er glückliche Kinder in einem schönen Bad. Eine Dusche mit fließendem Wasser. Seine

Familie hat kein Wasser im Haus und sie müssen es mühselig im entfernten Bach holen. Ein Kühlschrank mit frischem Obst und Gemüse sowie allerhand anderer Gaumenfreuden ist auf einem Bild erkennbar. Von alldem ist er und seine Familie weit entfernt.

Ein kalter Schauer läuft Amadou über den Rücken, als Zmaj sich zu Wort meldet: „Amadou, was für ein Dreckshaufen hier! Ein wenig lesen, schreiben und rechnen lernen und dann ein Leben in einem einzigen Dorf - einem Kaff. Du musst eine Nachbarsdame zur Frau nehmen und eine Familie gründen. Und diese Regeln und Normen hier! Du könntest es nie wagen, die Rituale und andere Praktiken in Frage zu stellen. Wo bleibt deine Freiheit?"

Diese Gedanken lassen Amadou zusammenkauern und in Verzweiflung an seinen Fingernägeln kauen. Unter diesem Druck kullern ein paar Tränen aus seinen Augen. Er ist ratlos. Er war doch immer so glücklich. Was ist denn passiert?

Amadou:
Duh: 0 Punkte / Zmaj: 3 Punkte / Gnom: 3 Punkte / Vila: 0 Punkte

„Iiiihhhhh" ist ein leichtes Wiehern zu hören. „Amadou, kannst du mich hören?"

Amadou taucht kurz von seiner Frustration auf und schaut an die Decke. „Was war das?" So eine Stimme hat er vorher in seinem Kopf noch nie gehört. Etwas sagt ihm, dass er genauer hinhorchen sollte.

„Amadou, ich bins, Duh, dein Einhorn!"

„Wie Einhorn - Duh? Noch nie gehört!"

„Ach Amadou!" seufzt Duh. „Wenn du nur wüsstest!" Nach einer kleinen Pause fährt Duh fort: „Ich möchte dir gerne etwas sagen. Schau, ich habe mit ansehen müssen, wie dich Gnom und Zmaj in der letzten Zeit belästigt haben. Deshalb zog ich mich zurück, da ich das nicht mit ansehen konnte. Es hat mich verletzt, da ich fühlte, was mit dir passiert. Du hast begonnen, dir ein anderes Leben zu wünschen und es hat dich unglücklich gemacht. Zmaj hat dir eingeredet, dass es dort draußen eine bessere Welt gibt. Er war es überhaupt, der dir erst die Idee dazu gegeben hat, nach dieser Zeitschrift zu schauen, damit er dich mit dessen Inhalt auf andere Gedanken bringen kann."

„Wer mischt sich denn hier schon wieder ein? Schau, dass du wieder in deinen Stall kommst," faucht Zmaj, der wie aus dem Nichts aufgetaucht ist. „Das habe ich doch gemacht, damit Amadou ein schöneres Leben erlangen kann! Schau dich doch mal um hier! Du weißt es doch besser wie ich, wie es in anderen Gegenden der Welt aussieht. Was ist das hier?"

Amadou ist verwirrt. Irgendwie haben beide Recht. Er lässt sich nicht aus der Ruhe bringen von der dreisten Stimme und denkt zu sich selbst: „Eigentlich möchte ich gerne verstehen, was mir diese wohlige Stimme noch zu sagen hat!"

„Schön Amadou, dass du mir gerne weiter zuhören möchtest. Ja, es war Gnom und Zmaj, welche dich auf dumme Gedanken bringen wollten. Was hast du dir selbst oft gesagt? Dass du früher doch glücklich warst. Glaubst du, dass du in einer Großstadt, mit all dem Lärm und Dreck einfach in den Wald laufen könntest, um dir eine frische Kokosnuss zu pflücken? Vila, wärst du so nett und zeigst Amadou ein paar Momente, wie er und seine Freunde hoch auf dem Baum Kokosnüsse pflücken, um sie nachher gemeinsam zu öffnen und die frische Milch daraus zu trinken. Und meinst du im Ernst, dass du dort dieselben Kokosnüsse überhaupt kaufen könntest? Übrigens, alle Tage zur Arbeit fahren, um 8 Stunden im Büro zu sitzen? Für was? Ihr habt hier doch alles, was ihr braucht."

Amadou ist jetzt noch mehr verwirrt als vorher. „Was soll ich davon halten? Und was ist mit diesen ganzen Ritualen?“ denn diese Themen hat er auch begonnen zu hinterfragen.

„Ach Amadou! Wie kann ich dir das nur am besten erklären?“ Duh macht ein paar tiefe Atemzüge, bevor es sich den Mut nimmt, es Amadou zu sagen: „Amadou, in diesen Ritualen besingt und verehrt ihr doch uns. Vila, Gnom, Zmaj und mich. Und wer ist wohl Amma? Das bist doch DU! In der Mitte von uns vieren! Obwohl Amma in euren Beschreibungen das Regenbogenland selbst darstellt! Du hast es nur vergessen!“

Es fällt Amadou wie Schuppen von den Augen. Es braucht eine Weile, bis er sich beruhigt hat. Dieser Sache möchte er in den nächsten Tagen auf den Grund gehen. Mit dieser Idee und der neu gewonnenen Hoffnung schläft Amadou ein.

Amadou:
Duh: 3 Punkte / Zmaj: 0 Punkte / Gnom: 0 Punkte / Vila: 3 Punkte

AARYA - EIN LEBEN IN MUMBAI

„Aarya“ schreit eine laute Frauenstimme durch die Tür aus Wellblech: „Schau bitte noch einmal nach deinem Bruder, bevor du zur Schule gehst!“

Es tropft Wasser durch das kaputte Dach, als Aarya ins Schlafzimmer schaut, in welchem ihr Bruder Aryan noch schläft. Dann nimmt sie sich den kaputten Ranzen von einem Hocker in der Wohnküche und stürmt durch die Tür ins Freie. Auf den Straßen von Mumbai ist es dreckig und feucht. Es hat in der Nacht geregnet und die dürftigen Sandalen sind schnell beschmutzt und vom Wasser durchtränkt.

Mumbai ist eine Metropole in Indien mit einer enormen Bevölkerungszahl, die mit vielen Ländern vergleichbar ist. Mumbai ist chaotisch und erstickt im eigenen Verkehr. Zudem verengen kleine Geschäftsstände die bereits engen Straßen zusätzlich.

Aarya ist ein 14-jähriges Mädchen, welches im Armenviertel mit dem Namen „Dharavi“ wohnt. Dieses Viertel besteht zum Großteil aus Blechhütten, welche selten mehr als 2 Zimmer haben.

Aarya hat braune Augen und lange schwarze Haare, welche fast den ganzen Rücken bedecken. Sie ist schlank und trägt einen Bindi. Das ist ein roter Punkt in der Mitte der Stirn, womit die Zugehörigkeit zu einer bestimmten Religion angezeigt wird. Sie besucht die Schule sechzig Gehminuten von ihrem zu Hause entfernt. Ihr Bruder Aryan ist noch klein und da ihre Eltern viel beschäftigt sind, kümmert sich Aarya um ihn und um den Haushalt.

✦✦✦✦✦✦

Es ist frühmorgens, als Aarya den Weg zur Schule antritt. Zu dieser Zeit ist es noch dunkel und auf den Straßen ruhig. Vom Regen wurden die Straßen unter Wasser gesetzt. Es ist bereits abgeflossen, aber der feine zurückgebliebene Schlamm erschwert das Gehen und so muss Aarya bei jedem Tritt aufpassen. Jeder Schritt, den Aarya macht, ist von einem schmatzenden und quatschenden Geräusch begleitet, welches entsteht, wenn sie ihren Fuß aus dem schlammigen Boden hebt.

Aarya ist einfühlsam und immer hilfsbereit. Sie ist ein junges Mädchen, stark und meist gut gelaunt und zeigt bereits das Verhalten einer erwachsenen Frau. Sie hat gelernt mit ihrer Situation im Armenviertel umzugehen. Sie versucht immer das Beste daraus zu machen und allen so gut es geht, zu helfen.

Auch liebt sie es, ihre Umgebung ganz genau zu beobachten und daher ist dieser Weg in die Schule immer voll mit Abenteuern. Der erste Teil des Weges führt durch das Armenviertel. Enge Gassen, Lehm- oder Wellblechhütten - teilweise erfinderisch und improvisierend zusammengebaut. Der Boden mit Müll übersät.

Der Gnom meint zu ihr: „Okay, ihr lebt in einem Armenviertel. Aber dieser ganze Müll! Kann man nicht darauf verzichten? Was Menschen auch hier alles brauchen. Du kümmerst dich doch um deine Umwelt, aber die anderen. Das ist eine Katastrophe!“

Aarya sieht ein paar Meter vor ihr, eine mit etwas brauner Flüssigkeit gefüllte Plastikflasche, mit einem großen, roten Etikett.

„Dieser ganze Dreck hier!“ meint sie zu sich selbst, während sie mit voller Wucht die Flasche wegkickt.

Aarya:
Duh: 0 Punkte / Zmaj: 0 Punkte / Gnom: 3 Punkte / Vila: 0 Punkte

Sofort merkt Aarya, dass ihr diese Gedanken nicht gut tun und blendet sie abrupt aus.

„Aarya, das hast du gut gemacht. Bedenke auch, dass die Menschen hier kaum etwas zum Überleben haben und dass sich um euch nicht einmal die Stadtregierung kümmert. Deshalb wird der Müll nicht eingesammelt und der globale Wandel, mit all diesem Konsum, ist auch an euch nicht spurlos vorbei gegangen. In vielen Fällen können die Menschen selbst nichts dafür." meint Duh.

„Ich kümmere mich jedenfalls um Mutter Erde. Immerhin werden wir von ihr geboren, von ihr genährt und versorgt, und am Ende unseres physischen Lebens kehren wir zu ihr zurück, was uns zu unabdingbaren Teilen von ihr macht. Somit sind wir auf mehreren Ebenen direkt mit ihr verbunden, und sie fühlt unsere Existenz", denkt Aarya demütig für sich selbst.

Aarya:
Duh: 10 Punkte / Zmaj: 0 Punkte / Gnom: 0 Punkte / Vila: 0 Punkte

Froh, die Situation so gut überstanden zu haben, geht Aarya ihren Weg weiter, ein Lied pfeifend, welches sie gestern beim Nachbarn gehört hatte. Es beginnt hell zu werden und die Stadt erwacht aus ihrem Schlaf. Die Straßen sind nun bunt gefüllt. Straßenhändler beginnen ihre Tagesgeschäfte - indem sie selbst gebaute Holzkonstruktionen errichten. Das Geschäft an der Ecke bekommt einen Ladentisch und dessen Besitzer beginnt bereits, seine Ware lautstark anzupreisen. Auch treiben sich jede Menge Tiere auf den Straßen herum. Hunde gehören zum Alltag und manchmal sind auch Ziegen oder sogar Kühe auf den Straßen zu finden. Die Letzteren sind sogar heilig und so können sie langsam und genüsslich durch die Straßen schreiten.

Kurz bevor sie die Schule erreicht, kommt Aarya in einen Stadtteil, wo bessere Lebensbedingungen sind und so ändert sich das Stadtbild stark. Hier gibt es stattliche Gebäude - die Straßen sind sauberer. Auch die Menschen selbst tragen bessere Kleidung - gepflegteres Aussehen. Irgendwie fühlt sich Aarya hier aber unwohl.

Auf einer Straßenseite kommt ihr ein junger, gutaussehender Mann um die 30 Jahre entgegen. Er ist gut gekleidet und hat einen Aktenkoffer bei sich. Seine Haare sind kurz und wohl erst vor ein paar Tagen geschnitten worden. Er trägt einen Bart, welcher sehr wahrscheinlich erst kürzlich mit den Haaren eine Behandlung erfahren hat.

Zmaj dieses Herren meint: „Wieder so eine Göre! Es werden in den letzten Jahren immer mehr. Schau wie dreckig ihre alten Sandalen sind! Und die riechen auch etwas eigen. Das sind doch alles Nichtsnutze und faule Ratten. Ich würde deren Blechhütten alle niederreißen und etwas

Ordentliches hinstellen. Dann hätten wir hier nicht solche Menschen rumlaufen!"

Fremder Mann:
Duh: 0 Punkte / Zmaj: 5 Punkte / Gnom: 0 Punkte / Vila: 0 Punkte

Aarya fühlt die starke Abneigung des Mannes ihr gegenüber. Es drückt so stark von außen nach innen, dass sie ein unangenehmes Gefühl übermannt. Dieses ist auch der Hauptgrund, warum sie hier nur ungern ist. In diesem Moment versuchen immer bestimmte Gedanken ihr etwas einzureden.

Zmaj meint spöttisch zu ihr: „Ihr seid nichts wert. Blechhüttenjunkies. Du siehst so dreckig aus. Was meinst du was d……."

„Sofort weg damit!", denkt sich Aarya. Das tut nicht gut. Das weiß sie aus Erfahrung. Stattdessen versucht sie wieder die hilfsbereite junge Dame zu sein, welche umsichtig Menschen beisteht.

„Du machst das so gut, Aarya. Ich bin stolz auf dich!" meint Duh.

Und mit sich selbst amüsierend, geht sie gestärkt ihren Weg in die Schule.

Aarya:
Duh: 5 Punkte / Zmaj: 0 Punkte / Gnom: 0 Punkte / Vila: 0 Punkte

✦✦✦✦✦✦

Es ist bereits früher Nachmittag, als sie müde nach Hause kommt. Ihre Mutter hat erst vorhin das Haus verlassen, um ihren Vater im kleinen Geschäft zu unterstützen. Ihr Bruder ist allein. Er spielt mit der alten Puppe, welche sie bereits von ihrer Mutter bekommen hat. Er ist ein genügsamer Junge, welcher nicht allzu viel Aufmerksamkeit braucht.

Aarya möchte jetzt gleich die Hausaufgaben erledigen, da sie nachher noch etwas vorhat.

Sie geht sehr gerne in die Schule, da sie ein natürliches Interesse daran hat, diese Welt zu verstehen, um sich besser darin zurecht zu finden und um sich besser einfühlen zu können. Etwas in ihr sagt und vor allem spürt sie es, dass etwas Größeres, als diese Welt hier irgendwo zu existieren scheint. Physik und Psychologie wären so ihre Wissenschaften, so viel hat sie in der Schule bereits verstanden. Auch Mathematik interessiert sie sehr. Aber ob es dafür reicht, das tiefer zu verstehen, was sie wirklich fühlt? Wahrscheinlich können es sich ihre Eltern nicht leisten, dass sie längerfristig lernen kann. Und so genießt sie jede Minute in der Schule, da diese Zeit und die Momente der Hausaufgaben, die schönsten Augenblicke in ihren Tagen sind.

Als die Schulaufgaben erledigt sind, überlegt sie kurz. „Dhal oder Chapati?“ - „Dhal!“ sagt sie zu sich selbst und schreitet zur Tat. Da Aarya gerne kocht, bereitet sie auch heute das Abendessen zu. Doch, als sie gerade begonnen hat und das Feuer lodert, stürmen ihre Eltern mit erschrockenem Gesicht zur Tür herein.

„Was ist passiert?“ meint Aarya, bereits mit einem Gefühl, welches sich ähnlich wie jenes von heute früh, als sie den Herren auf der Straße angetroffen hat, anfühlt. Sie erwartet Schreckliches.

„Sie wollen unsere Hütten abreißen, da sie hier etwas „Ordentliches“ hinstellen möchten!“

Die Welt steht kurz still, alles dreht sich und gleichzeitig droht sie in einen dunklen Boden einzubrechen. Aarya beginnt ihre Atmung zu kontrollieren, da sie weiß, dass sie jetzt stark sein möchte. Mit ruhigen Atemzügen gelingt es ihr, ihre Eltern anzuschauen und ihnen zuzulächeln.

Zmaj faucht mit voller Flamme: „Tja, genau sooo, wie du es heute in der früh gefühlt hast, nicht wahr? Schmerzt das? Was wird aus dir? Die Wohlbetuchten interessiert daaaaas niiiiiii....“

„Ruhe!“ sagt Aarya zu sich selbst: „Was soll dieses Gemeckere!“

„Wie stolz du mich machst, Aarya! Immer überlegst du. Das ist jetzt erst mal nur ein Brief. Und übrigens, weißt du nicht mehr, das ist nicht der erste Brief. Beim letzten Mal hat es sich als Scherz herausgestellt - das haben deine Eltern nicht mal mitbekommen. Und vor ein paar Tagen hast du von einem Nachbarn erfahren, dass jemand aus seinem Freundeskreis, dadurch eine Gelegenheit bekommen hatte, in eine schönere Gegend zu ziehen!“ wiehert Duh, vor Freude tanzend.

Sie steht auf und geht zu ihren Eltern, wo das Entsetzen noch im Gesicht erkennbar ist. Behutsam umarmt sie beide und sagt unbesorgt:

"Wir werden das schon meistern!"

Ihr Bruder spielt währenddessen noch immer mit der Puppe, so als hätte er, von all dem nichts mitbekommen.

Aarya: *Duh: 10 Punkte / Zmaj: 0 Punkte / Gnom: 0 Punkte / Vila: 0 Punkte*

MADISON - NEW YORK NEW YORK

Madison sitzt ganz gerade in ihrem Stuhl und drückt mit ihrer linken Hand eine Violine an ihren Hals. Mit der rechten Hand hält sie einen Geigenbogen und versucht damit langsam über die Saiten des Instruments zu streichen, während sie mit dem Zeigefinger versucht, eine der Saiten auf das Holz zu drücken. Genervt zieht sie noch einmal ihre Hand vor und zurück, bevor sie ihre Violine auf ihren Schoß legt.

„Das war schon viel besser. Aber du musst versuchen den Geigenbogen noch langsamer und gefühlvoller zu ziehen! Und vergiss nicht - achte auf deine Position und auf entspannte Finger!“

Madison ist heute Nachmittag bei ihrer Violinlehrerin. Ihre Eltern sagen, sie soll Musikunterricht nehmen, denn das gehört sich für eine feine Dame.

„Das gehört sich für eine feine Dame!“ imitiert sie ihre Eltern.

Madison ist ein 15-jähriges Mädchen mit blonden, gelockten, schulterlangen Haaren. Ihre Augen sind blau und sie hat dunkelrote volle Lippen. Sie wohnt mit ihren Eltern im 35. Stock eines Hochhauses inmitten von New York, eine Millionenmetropole Nordamerikas. Ihre beiden Brüder sind um einiges älter, studieren beide an renommierten Universitäten und kommen daher nur selten nach Hause. Auch ihre Eltern sieht sie nicht oft, da ihr Vater Inhaber einer Fluggesellschaft ist und ihre Mutter Universitätsprofessorin an einer Elite-Hochschule.

Sie hätte gerne mehr Freiheiten, aber diese ständigen Termine. Violinkurs, Nachhilfestunden in Mathematik und Physik. Das mag sie überhaupt nicht leiden. Diese nervige alte Lehrerin. Sie ist so pingelig. Und dieser juckende Reiz auf ihren linken Waden.

„Und das alles habe ich Papa zu verdanken!“ meint sie, bevor sie sich erinnert, wie es dazu gekommen ist.

✦✦✦✦✦✦

Urlaub, Urlaub, Urlaub. Normalerweise fahren sie regelmäßig zu ihrem zweiten Haus am Meer in Florida. Dort gibt es zumindest einen großen Außenpool. In New York ist der Pool ein Teil des Bades. Manchmal fahren sie auch an andere Strände auf der ganzen Welt. Aber diesmal, nein! Vater möchte unbedingt nach Afrika, Wildtiere erlegen. Diese Idee hat Madison von Anfang an nicht gefallen. Wie das dort wohl sein wird? Dreckig, staubig!

Und so war es dann auch. Den ganzen Tag umherkurven. Hier peng, da peng. Zumindest waren die Unterkünfte ähnlich wie ihr Haus in Florida. Und so konnte es Madison kaum mehr erwarten, wieder im Flieger nach New York zu sitzen.

Am letzten Tag hatte ihre Mutter noch eine Idee und ganz spontan ein Auto gemietet, um eine Rundfahrt in eine etwas felsigere Gegend zu unternehmen, da es dort ein Dorf gab, welches sie unbedingt besuchen wollte.

„Jetzt das auch noch!“ meint Madison voller Zorn zu sich selbst. „Sie vergessen mich diesmal ja komplett!“

Als sie sich an diesem Tag mit ihrem Jeep dem Ort näherten, versammeln sich alle Kinder des Dorfes um das langsam werdende Gefährt.

„Hoffentlich hat Mutter jetzt alles gesehen und wir können wieder zurückfahren,“ stöhnt Madison in Gedanken, während sie lautstark durch die Nase ausatmet.

In diesem Moment öffnet ihre Mutter die Tür und steigt aus.

Der Gnom von Madison sagt: „Genug ist genug. Sie hat gemeint „kurz“. Geh raus und zeige deinen Unmut - vielleicht geht es dann schneller!“

Madison steigt aus dem Auto und schaut genervt zu ihrer Mutter, welche mitten in der Kindergruppe, einen Jungen in ihrem Alter über die Wangen streichelt.

„Ich tick jetzt dann aus!“ grollt Madison vor sich hin.

Als ihre Mutter zurückkommt, zieht sie an ihren Händen, um den Gang zu beschleunigen. Endlich ist die Türe zu und sie brausen davon. Noch einmal wirft Madison einen Blick nach hinten zu der versammelten Kindergruppe, als sie etwas an ihrer rechten Wade bemerkt.

„Was ist das für ein Jucken? Verdammt, mich hat etwas gestochen!“ schreit sie aus sich heraus. Voller Groll wirft sie sich auf die Rücklehne, als sie sieht, dass ihre Zeitung aus dem Rucksack ihrer Mutter verschwunden ist.

Gnom und Zmaj mit voller Wucht und im Einklang: „Hat deine Mutter etwa deine Zeitung hier diesen Barbaren hinterlassen? Sie weiß gar nicht, was dir diese Zeitung bedeutet. Weißt du noch, wer sie dir geschenkt hat?

Außerdem ist dort ein Liebesbrief deines heimlichen Verehrers verewigt. Vila, bitte zeige sofort Madison ein Bild von dem wundervollen Knaben, welcher in der Schule sie immer wieder so nett anlacht.“

„Du hast doch nicht etwa?“ schreit Madison!

„Zu spät!“ ruft ihre Mutter. „Ich kauf dir wieder eine neue Zeitung, sobald wir zu Hause sind!“

Zmaj wird nun richtig furchteinflößend und speit ein grelles Feuer: „Hasse sie. Hasse sie. Sie ist immer so gleichgültig zu alldem, was dich interessiert!“

Madison geht es kalt über den Rücken und sie fühlt Gänsehaut, obwohl es im Auto sehr heiß ist. In diesem Moment bricht sie in Tränen aus und beginnt zu schreien und zu toben!

„Wie konntest du nur??? Ohne mich zu fragen!!! Jedes Mal übergehst du mich!!! Einfach so!!!“

Nach einer kurzen Pause giftet Madison: „Ich will keine andere Zeitung, ich will die zurück!!!“

Madison:
Duh: 0 Punkte / Zmaj: 10 Punkte / Gnom: 5 Punkte / Vila: 1 Punkt

✦✦✦✦✦✦

Es ist jetzt 1 Monat vergangen und beides schmerzt noch. Der Verlust dieser Zeitung und der Insektenstich. Und jedes Mal, wenn sie daran denkt, fühlt sie ähnlich wie damals. Seit diesem Moment hat sie begonnen, ihre Mutter zu hassen und das ist nicht hilfreich. Soeben sitzt sie wieder vor ihrer Violinlehrerin und muss sich anhören:

„Gerade sitzen, ruhig streichen!“.

„Das gehört sich für eine feine Dame! - Danke Mami!" meint Madison ironisch.

✦✦✦✦✦✦

Es ist bereits gegen Abend, als Madison vom Unterricht nach Hause kommt. Das Apartment ist weit oben und von dieser Höhe sehen die Lichter der Autos aus, wie funkelnde Sterne. Madison ist dieses gewohnt und schenkt diesem Ausblick schon lange keine Aufmerksamkeit mehr. Ihr Augenmerk liegt bei anderen Dingen. Sie ist gefordert von der Schule und achtet auf ihr Aussehen, ihren Gang und ihren offenen, freundlichen Blick. Es ist wichtig, dass die Mitschüler einen guten Eindruck von ihr haben, schließlich besuchen diese Schule, Jugendliche aus denselben Verhältnissen wie sie. Man kennt sich sozusagen.

Ihr Vater hat vor fast einem Monat eine neue Haushälterin angestellt. Die Letzte war ganz okay. Aber die Neue kann sie nicht leiden. Immer streunt sie umher und Madison fühlt sich beobachtet. Auch hat sie es bereits mehrmals gewagt, Madison zu sagen, sie solle ihr Zimmer ein bisschen ordentlicher halten:

„Schließlich ist das etwas fürs Leben." erinnert sich Madison. Diese Wortwahl - ihr kommt das Grauen.

Als Madison es sich auf der Couch vor dem Fernseher gemütlich gemacht hat, hört sie die Haushälterin rufen:

„Madison, möchtest du Abendessen?"

„Was gibt's?" ruft Madison mit negativer Melodie.

„Ofenkartoffeln." hört Madison aus der Küche.

Gnom schreitet zur Tat: „Immer diese verdammten Ofenkartoffeln. Langweilig. Mit Aufschnitt und Käse. Sie meint dann noch immer: „ ... mit

Butter und Salz sind sie ganz besonders lecker!" Was ist das für ein Essen? Die hat wirklich keine Ahnung vom Kochen!"

Madison ruft mit lauter Stimme zurück:

„Ofenkartoffeln? Das ist doch nur etwas für arme Leute!"

Madison:
Duh: 0 Punkte / Zmaj: 0 Punkte / Gnom: 10 Punkte / Vila: 0 Punkte

Madison hat einen Entschluss gefasst. Sie wird sich beim Vater beschweren und einfordern, dass sie eine andere Haushälterin haben. Denn ihre jetzige Haushaltshilfe geht in ihren Augen gar nicht.

Sie starrt weiter auf den Fernseher und sieht dort eine Dokumentation aus Afrika. Noch bevor sie das Programm wechseln konnte, wurde ihr Interesse geweckt und so blieb sie bei diesem Sender und lauscht gespannt der Stimme.

Sie sieht ein ähnliches Dorf, wie jenes, das sie vor einem Monat besucht hatten. So wie damals bildete sich eine Kindergruppe um den Kameramann, welcher eindeutig seinen Spaß dabei hatte. Auf einmal verändert sich Madisons Wahrnehmung und mit der Fernbedienung in der Hand erstarrt sie wie eine Salzsäule, während ihr verschiedene Gedanken durch den Kopf jagen.

„Sieh dir nur an, wie glücklich sie dort sind. Frag dich nur ein einziges Mal: Wieso? Du hast hier alles und trotzdem hast du immer zu meckern. Du hast sie sogar Barbaren genannt! Ich weiß, dass die Erkenntnis zu eigenen Fehlern schmerzt. Aber du hast dir in diesen Momenten nur selbst geschadet. Verstehst du, was ich dir sagen will? Vila, zeig Madison ein paar Bilder von diesem Besuch." wiehert Duh.

Vom schlechten Gewissen geplagt, erinnert sich Madison an diese zwei Momente, die ihr von diesem Dorf noch in Erinnerung geblieben sind. Das ist zum einen dieser Anblick ihrer Mutter, als sie diesen Jungen gestreichelt hat und zum anderen der letzte Blick aus der Rückscheibe des Autos. Damals hatten sie dermaßen schlechte Gedanken geplagt, dass ihr die Menschen dort komplett egal waren. Nun würde sie auf einmal etwas geben, um wieder dort zu sein und um wieder etwas in Ordnung zu bringen.

„Barbaren! Wie konnte ich nur?“

Sie schämt sich vor sich selbst. Noch einmal denkt sie an diesen netten Jungen, welcher wohl jetzt ihren großen Schatz bei sich haben wird.

„Ich wünsche mir, dass es auch für ihn etwas Besonderes ist.“, denkt Madison zu sich selbst, bevor sie in die Küche ruft:

„Ofenkartoffeln mit Butter und Salz? Warum nicht.“

Madison:
Duh: 5 Punkte / Zmaj: 0 Punkte / Gnom: 0 Punkte / Vila: 3 Punkte

WO IST DUGA?

Die Geschichte dauert nun bereits einige Seiten, aber von Duga war zumindest offensichtlich noch nichts zu sehen. Wo ist denn Duga?

Wir haben bis jetzt einiges über das Regenbogenland erfahren, nicht wie es aussieht, aber wie es sich anfühlt. Wir haben die 4 Fabelwesen kennengelernt, welche sich auf der „Erde" um den Menschen tummeln und versuchen, ihn Antworten einzuflüstern, ihn in Handlungen zu drängen oder sanft zu begleiten, um dabei dem Menschen zu helfen, auf seine innere Gefühle zu achten.

Vila hat lediglich für Duh oder Zmaj und Gnom Erinnerungen der Menschen aus deren Vergangenheit in ihrem Unterbewusstsein herausgekramt.

Gnom und Zmaj haben unseren vier Hauptdarstellern teilweise ganz schön Angst und Bange gemacht. Speziell Madison hat darunter sehr gelitten. Sie hat sogar begonnen, einen Hass auf ihre Mutter zu entwickeln und andere Menschen als Barbaren zu bezeichnen. Aarya hatte im Gegensatz diese beiden Wesen recht gut im Griff, wohingegen Madison ihnen scheinbar schutzlos ausgeliefert war. Vergleicht man aber deren Lebenssituationen, ist dies auf den ersten Blick eigentlich paradox, sprich widersprüchlich. Am Ende ist es eben die innere Einstellung und die Qualität zu fühlen, welche wahrlich zum Glücklichsein führt und nicht das äußere Materielle.

Duh hat alle Lebenssituationen der Menschen auf ihre eigene, abenteuerliche, liebevolle Weise gesehen. Das hat Max, Amadou, Aarya und sogar Madison wahrlich beeindruckt und diese Gedanken haben in ihrem Bewusstsein definitiv Spuren hinterlassen. Speziell bei Aarya war das sehr deutlich zu erkennen. Ihre Stärke hat bei Duh einen Freudentanz ausgelöst und hat sie vor Schlimmeren bewahrt. Und genau hier kommt Duga ins Spiel.

Duga war eigentlich in jeder Geschichte präsent, ich habe sie euch nur nicht vorgestellt – doch sie war immer da. Duga ist eben diese Kraft aus dem Regenbogenland, welche im Menschen aufrichtige Liebe und das Streben zum Regenbogenland erweckt. Diese Liebe ist aber nicht die Liebe, welche die meisten Menschen kennen, sondern viel mehr. Die Menschen fühlen lediglich jene, welche immer an Bedingungen geknüpft ist. Diese Art der Liebe kann unter Umständen bereits mit den kleinsten Veränderungen im Umfeld auf Hass umschlagen. Duga repräsentiert aber jene Liebe, die keinen Hass kennt. Es ist dasselbe wie im Regenbogenland, wo das Licht keinen Schatten wirft. Duga ist eben diese wahre bedingungslose Liebe ohne Schatten - ohne Negativität, weil es so etwas im Regenbogenland nicht gibt.

So hat Max, Duga in diesem Moment fühlen dürfen, als er sich weinend mit offenen Armen vor seinem Vater hingekniet hat. Er bat um eine Umarmung, obwohl er in diesem Moment, die Kränkung von seinem Vater immer noch verspürte.

Amadou hat Duga spüren dürfen, als er sich wieder bewusst wurde, welche schöne Kindheit er hatte und dass so wie es scheint, sein Volk irgendwelches Wissen über die vier Fabelwesen hat.

Aarya war von klein auf bereits stark und trotzdem wurde sie von der schlechten Nachricht, wegen dem Abriss ihres Hauses, kurz und hart getroffen. Danach spürte sie Duga ein wenig, als sie diese Situation wieder etwas relativierte und ihren Eltern beistand.

Madison hat es von allen Vieren am schlimmsten erwischt. Sie wurde von Zmaj und Gnom regelrecht erdrückt. Aber am Ende hatte sie etwas im Fernseher gesehen, was ihr Gewissen aufgerufen hat und damit dieses innere Gefühl weckte, welches Duga verursacht.

Duga offenbart sich dem Menschen, wenn sie beginnen, bei dem Flüstern des Einhorns Duh hinzuhören. Sie entdecken, was Duh ihnen in Wahrheit liebevoll zu sagen hat. Dies war in den Geschichten bis jetzt noch nicht so klar erkennbar, doch die weiteren Erzählungen werden uns der Wahrheit von Duh und Duga näherbringen, also seid gespannt darauf, was euch beim Lesen erwartet.

Madison - frische Luft und Grün

Madison bewegt den Cursor auf ein Feld ihres Bildschirmes, tippt mit den Fingern gekonnt die Nummer fünfzehntausend ein und klickt auf den Knopf auf der rechten Bildschirmseite.

„Endlich habe ich es getan!" denkt Madison zu sich selbst, mit einem Gefühl der inneren Zufriedenheit. „Wie oft erinnere ich mich an diesen einen entscheidenden Moment in meinem Leben." blickt Madison zurück.

Diese Minuten in ihrem Urlaub ließen sie damals nicht mehr los, bis zu jenem Moment vor dem Fernseher, als sie die Dokumentation über Afrika sah, sie sich ihrer eigenen Überheblichkeit bewusst wurde und sie ein tiefes Schamgefühl überkam. Dieses Gefühl begann jedoch langsam in ihrem Alltag zu verblassen.

Bis zu diesem magischen Moment, wo sich alles bei ihr wandelte, hin zu einem Leben mit sinnhafter Bedeutung, vergingen ganze neun Jahre. Eigentlich war dies kein großer Augenblick, aber es war eine Initialzündung.

Madison hatte sich im Jugendalter, in den Augen ihrer Eltern, prächtig entwickelt. Bereits im zarten Alter von 19 Jahren konnte sie an der renommiertesten Universität New Yorks studieren. Sie wollte es ihren Brüdern gleichtun und irgendwann ganz groß rauskommen. Ihr wurde schon vorhergesagt, sie hätte das Potential, Unternehmensführerin oder sogar Politikerin auf ganz hoher Ebene zu werden. Das hatte Madison noch mehr motiviert, weiter an sich selbst zu arbeiten und noch besser zu werden. Irgendwie war sie Mama dankbar gewesen, dass alles so gekommen ist und nicht anders. Sie erinnerte sich daran, dass sie auf Mama wütend war, wegen dieser Zeitung, welche sie damals als wertvoll erachtete. Madison begann sogar ihre Mutter zu hassen.

„Soll der Junge doch daran verrecken!" meinte sie damals ironisch, um dem Geschehenen absichtlich keine Aufmerksamkeit mehr zu widmen. Und jetzt ist sie froh, hier zu sein, wo sie ist und nicht in einem solchen Kaff in Afrika!

„Wie kann man dort nur überleben?" Aber, was dann nach ihrem 24zigsten Geburtstag geschah, war so einschneidend, dass sich ihr Leben danach komplett auf den Kopf stellte!

✦✦✦✦✦✦

Madison ist noch müde und wälzt sich im Bett. „Verdammte Kopfschmerzen!" jammert sie. „Jetzt war es gestern so schön und heute diese verdammten Kopfschmerzen!"

Madison war gestern lange auf gewesen, da sie ihren Geburtstag ausgiebig in der Yacht ausklingen ließ.

„Man wird ja nicht alle Tage 24!" meinte sie gestern noch. Deshalb feierte sie mit allen Studenten, welche sie gut kennt und mit ihrer Verwandtschaft ausgiebig bei stimmungsvoller Live-Musik. Jetzt ist Sonntag und morgen muss sie schon wieder los, auf die Universität! Abschlussjahr!

✦✦✦✦✦✦

Madison liegt am Montagmorgen immer noch mit schwerem Kopf im Bett. Sie hat bereits einen Tag verschlafen, da ihr so schummrig war. Auch die Tabletten frühmorgens haben nicht wirklich geholfen. Jetzt ist es ein wenig besser, doch der Kopf drückt von allen Seiten.

„Aber was solls, da musst du durch!" motiviert sich Madison selbst.

Schlecht gelaunt bereitet sie sich schnell ein Müsli zu und verspeist es. Währenddessen ist ihre gesamte Aufmerksamkeit auf die neuesten Nachrichten gerichtet, welche sie auf ihrem Mobiltelefon durchscrollt. Ein letztes Mal prüft sie ihr Gerät, welches sie nur mehr selten aus der

Hand gibt, ob ihre wichtige Person eine neue private Nachricht erhalten hat, bevor sie mit ihrem Aktenkoffer durch die Wohnungstür verschwindet. Genau in diesem Moment kommt ihr die Haushälterin entgegen, mit welcher sie fast kollidiert.

„Können sie nicht aufpassen?“ jammert Madison und eilt schnell in den Aufzug. „Es ist immer noch dieselbe Haushälterin wie vor... wie lange ist das jetzt her? 9 Jahre.“ Die Gedanken über dieses Aufeinandertreffen bleiben in Madisons Kopf hängen, während sie mit dem Aufzug vom 35. Stock abwärts fährt!

„Mein Vater ist meinem Wunsch nie nachgekommen! Diese verdammten Ofenkartoffeln!“ denkt sich Madison, als sie Richtung Universität aufbricht.

Der Gnom von Madison meint: „Jetzt musst du wieder durch diesen Park! Diese Penner dort. Stinken um die Wette, ungepflegt und immer das Gefühl, sie schauen dir hinterher!“

Madison empfindet schon dieses unangenehme Gefühl. Als sie dann den Park durchqueren muss, werden ihre Schritte größer und der Blick geradliniger. Aber irgendwie versucht sie trotzdem zu erkunden, wer sich da so alles tummelt.

„Wenn ich einmal Politikerin bin, werde ich etwas tun, dass es sowas nicht mehr gibt!“ motiviert sich Madison.

Einer der Obdachlosen fällt ihr immer besonders auf. Sie weiß nicht so recht warum, aber irgendetwas geht von ihm aus. Das kann aber sicher nicht an den zwei Zahnlücken oder der mit Abstand schlechtesten und dreckigsten Kleidung liegen. Sie meint es könnten sein spezieller Blick oder sein Lachen sein. Etwas war da!

Als sie in der Universität angekommen ist, geht es gleich in Saal 1 - Psychologie. Das liebt sie wirklich. Die Erkenntnis, wie die Psyche funktioniert. Das kann manchmal schon überwältigend sein, etwas zu erfahren, was imponiert und teilweise schockiert, was aber die Bevölkerung, welche sich dieses Wissen nie aneignen wird, nie erfahren wird. Da könnte sie einige interessante Geschichten erzählen. Heute bahnt sich ein spannendes Thema an: Traditionen.

Dafür ist sie ganz besonders empfänglich, weil es spannend ist zu erfahren, wie sich Zeremonien und Lebensweisen von anderen Völkern, auf die Wahrnehmung der jeweiligen Menschen auswirken. Es wird ein Film gezeigt. Stifte und Blätter liegen bereit, sie lehnt sich zurück, es kann losgehen!

✦✦✦✦✦✦

„Da war er wieder!!"

Die Atmung von Madison wird intensiv und sie kann jeden einzelnen Atemzug in sich spüren.

„Dieser dunkelhäutige Junge und der überglückliche Kameramann!"

Wie aus heiterem Himmel erinnert sie sich wieder an dieses Gefühl, dass sie damals auf der Couch hatte. Wie eine Salzsäule erstarrte sie, dabei drückte das beißende Gewissen. Madison hatte nach dem Verlust der Zeitung einen Wutausbruch bekommen. Zu groß war der Schmerz darüber gewesen, dass ihre Mutter einfach ungefragt, etwas von ihr weggab, woran ihr Herz hing. Erst später konnte sie darüber wirklich nachdenken, bis es ganz im Alltag unterging.

Madison zieht sich selbst aus dieser Wahrnehmung, welche sie definitiv aus der Ruhe gebracht hat, während ihr Kopf wieder anfängt zu schmerzen und sie negativ an den gestrigen Tag erinnert wird. Das passiert ihr öfters und in diesem Moment weiß sie, dass sie jetzt auf keinen Fall zu viel denken darf, sonst schmerzt es innerlich noch mehr. Für das hat sie aktuell keine Zeit.

Duh meint jetzt: „Madison, hallo? Möchtest du nicht Politikerin werden? Du möchtest den Obdachlosen helfen und du schenkst ihnen nicht mal eine Beachtung! Zumindest eine kleine Geste bei all deinen Besitztümern wäre nicht schlecht!“

Bei diesem Gedanken lächelt Madison und sie überlegt, wie sie diese Idee umsetzen kann:

Zmaj von Madison nun ganz ruhig und heranpirschend: „Ja Madison, das ist eine gute Vorstellung. Damit dich die Leute zu mögen beginnen, damit du irgendwann Politikerin sein darfst! Was wäre das für ein Gefühl der Macht? Wie wäre das? Jeder, wirklich jeder würde dich kennen!“

Und so beschloss sie ein paar Geldscheine aus ihrem Aktenkoffer bereits auf den Tisch zu legen, um sie später auf dem Rückweg, diesen irgendwie speziell freundlichen Obdachlosen zu übergeben!

Madison:
Duh: 0 Punkte / Zmaj: 20 Punkte / Gnom: 0 Punkte / Vila: 0 Punkte

✦✦✦✦✦✦

„Die letzte Stunde ist geschafft!“ freut sich Madison und gleichzeitig fühlt sie sich noch immer niedergedrückt von dem schweren Kopf. Sie hat heute noch eine Menge vor und deshalb muss sie sich beeilen und saust in Richtung ihres Zuhause fort. Als sie sich dem Park nähert, bemerkt sie an jenem Platz eine Menschenansammlung, an welchem sich heute früh dieser „Zahnlückentoni“ befunden hat. Sie fühlt etwas in ihrer Hosentasche:

„Ach ja, ich wollte doch dem Obdachlosen etwas geben!“ denkt sich Madison - aber irgendwie ist da so ein komischer Beigeschmack.

Gnom von Madison: „Alle auf einen Haufen dort. Und du sollst jetzt da einfach reinplatzen und schauen, ob dieser Mann mit den zwei

Zahnlücken noch irgendwie „rumliegt". Naja, du hast es dir vorgenommen - also - Augen zu und durch!"

Mit wenig Überzeugung nähert sich Madison dieser Truppe aus verwahrlosten Männern. Ja, es schaut so aus, als wäre der ganze Park hier versammelt. Sie sucht sich eine Stelle mit weniger Gedränge, um irgendwie zu verstehen, was da los ist. Von weitem hört sie eine Sirene aufheulen und dann ging alles gaaanz gaaanz langsam.

Diese rote Jacke am Boden kommt ihr bekannt vor, so extrem schmutzig. Ein offener Mund, zwei Zahnlücken. Regungslos liegt dieser etwa 50-jährige Mann am Boden und rundum stehen alle fassungslos und schauen hin.

Auf einmal war wieder dieser dunkelhäutige Junge mit den gekräuselten Haaren in ihrem Kopf!!! Zuerst in Afrika, dann im Fernseher, heute in der Universität. Sie wollte diesem Mann doch helfen! War dieser Tag jetzt sein letzter Tag in seinem Leben?

Zmaj meint ganz hinterlistig: „Hättest du doch in der früh was getan, dann wäre das vielleicht nicht passiert!"

Der schwere Kopf, dazu heute noch den ganzen Tag das Gefühl von Brechreiz. Nun diese Situation, welche sie komplett überfordert.

Die Sanitäter bahnen sich den Weg durch die Menschenmasse und Madison geht zur Seite und setzt sich auf eine naheliegende Bank, um dem Treiben mit einiger Distanz zuzuschauen. Die Rettungsassistenten beatmen den Obdachlosen mit einer Sauerstoffmaske und reanimieren mit einer Herzmassage. Fassungslos schaut Madison dabei zu, wie sie ihn auf eine Krankentrage legen, ins Auto schieben und mit Blaulicht davonbrausen.

Nun meldet sich eine Stimme in ihr, welche Madison sofort wieder an diesen Fernsehabend vor neun Jahren erinnert:

„Dies ist jetzt passiert. Es lässt sich nicht mehr ändern! Erinnere dich daran, dass du helfen möchtest und fange nun an zu handeln!"

„Das stimmt, das wollte ich doch tun, aber wie?" Mit den Obdachlosen fühlend, nimmt sich Madison ein Herz und nähert sich den noch verbliebenen Männern und meint:

„Wer war denn dieser Mann?"

Und so wurde sie langsam in ein Gespräch verwickelt, welches ihre Meinung zu diesen Menschen um 180 Grad veränderte. Sie erfuhr, dass der „Zahnlückentoni" von einem wohlhabenden Hause in Los Angeles stammt. Er hat studiert und als Ingenieur abgeschlossen. Er hatte eine gute Stelle, aber dann verlor er die Arbeit und wurde mit seiner Qualifizierung nicht mehr benötigt. Das hat ihn in eine Abwärtsspirale getrieben und so ist er auf der Straße gelandet. Er wollte all dies seinem Elternhaus nicht mitteilen, da er sich schämte.

Und so wurde Madison in viele weitere Gespräche involviert und sie bemerkte, wie freundlich und herzlich diese Obdachlosen in Wahrheit sind und wie schlecht es sich anfühlt, wenn andere Menschen, mit all ihren Vorurteilen an ihnen vorbeischreiten.

„Die Obdachlosen spüren die Verachtung im Blick!“ wird sich Madison bewusst.

Nach diesem Erlebnis ist sie mit so vielen neuen Eindrücken, wie schon lange nicht mehr, nach Hause gekommen und hat ungeachtet der Tatsache, dass sie die Haushälterin nicht leiden kann, diese Geschichten erzählt. Das war so spannend.

„Einige von den Obdachlosen lieben dieses Leben! Wer hätte das gedacht! Viele unter den Obdachlosen waren Ingenieure oder hatten anderweitige hohe Positionen, aber mit viel Pech und Unglück, sind sie bis ganz nach unten durchgerutscht. Ich habe nie so von denen gedacht!“

Und in diesem Moment konnte sie Duga in sich aufsteigen fühlen.

Madison:
Duh: 10 Punkte / Zmaj: 0 Punkte / Gnom: 0 Punkte / Vila: 0 Punkte

✦✦✦✦✦✦

Es war dieses Erlebnis vor vielen Jahren, welches Madisons Weltsicht und vor allem ihr Leben komplett auf den Kopf gestellt hat. Von diesem Moment an hat sie begonnen, den Mitmenschen freundlicher zu begegnen und jeden zu respektieren. Denn wenn es etwas war, was sie damals gelernt hatte, dann war es folgendes:

„Zeige nie mit dem Finger auf jemanden, ohne seine Geschichte zu kennen."

„Gott behüte, dass du jemals eine Meile in seinen Schuhen laufen musst, weil du dann wirklich wüsstest, wie das ist, den Blues zu singen." singt sie manchmal zu sich selbst. Dieses Lied, welches genau diesen Umstand in ein wunderschönes Kleid gießt.

Heute lebt Madison außerhalb der Stadt. Sie hat all diesem Lärm und der Hektik den Rücken gekehrt und lebt nun mit ihrem Mann, sowie ihrer 3-jährigen Tochter in einem kleinen Dorf, in der Nähe des Waldes, in einem Vorort von New York. Sie hat eine Arbeit gefunden, bei der sie recht gut verdient und mit der sie in der Lage ist, ihren Mitmenschen zu helfen. Sie weiß, dass sie ihre innere Zufriedenheit daraus schöpft und dass ihr Leben dadurch viel ausgeglichener geworden ist.

Und so sitzt sie heute am Computer, tippt gekonnt die Zahl fünfzehntausend in ein Feld ein und klickt auf den Knopf daneben, auf welchem „Überweisung" steht. Als sie es dann endlich vollbracht hat, empfindet sie wieder dieses euphorische Gefühl, genau wie damals vor dem Fernseher und im Park. Es ist Duga, welche sich nun wohlig warm in ihr auszubreiten beginnt.

Madison:
Duh: 15 Punkte / Zmaj: 0 Punkte / Gnom: 0 Punkte / Vila: 0 Punkte

AARYA - WENN HILFE LEISTEN ZUM ALLTAG WIRD

„Aarya“ schreit eine laute Frauenstimme durch die Tür: „Schau bitte noch einmal nach deinem Bruder, bevor du das Haus verlässt!“

Es hat die Nacht über geregnet und es war sogar stürmisch, doch Aarya hat dies nicht einmal wahrgenommen, so tief hat sie geschlafen. Aarya schaut noch einmal nach ihrem Bruder, welcher krank im Bett liegt, bevor sie sich den Ranzen von einem Hocker in der Wohnküche nimmt und durch die Tür ins Freie stürmt. Auf dem Weg zu ihrer neuen Bestimmung denkt Aarya noch einmal an diesen eigenartigen Tag zurück, der genauso gestartet war, wie der heutige.

„Zwei Jahre ist das her.“ sagt Aarya zu sich selbst. Dieser endete fast in einer Katastrophe, aber irgendwie kam alles anders.

✦✦✦✦✦✦

Sie kniete damals vor dem Ofen, stand langsam auf und ging zu ihren Eltern, denen immer noch der Schrecken ins Gesicht geschrieben war. Beide umarmend sagte sie:

„Das werden wir schon hinbekommen!“ während ihr Bruder am Boden immer noch mit der Puppe spielte, so als ob überhaupt nichts passiert wäre.

In ihr war die Gewissheit entstanden, dass sie stark sein musste, auch wenn sie selbst keine absolute Sicherheit hatte und nicht wusste, was dieser Brief letztendlich zu bedeuten hatte, welchen ihre Eltern mit nach Hause gebracht hatten. Es stand unheilvoll der Gedanke im Raum, dass sie womöglich umgesiedelt werden und keiner weiß genau, was das Leben alles bringt.

Sie war mit der Zubereitung von Dhal beschäftigt gewesen, was sie in diesem Moment fast vergessen hätte. Dhal ist ein Linsengericht, welches Aarya liebt. Sie kocht es gern als Eintopf und serviert dazu Fladenbrot.

Dieses isst hier in der Gegend jeder gerne. Sie bereitet immer mehr zu, so dass das Gericht für zwei Tage ausreicht.

Als das Gericht fertig zubereitet war, hatte sich die Familie um den wackligen kleinen Tisch versammelt, um gemeinsam zu Abend zu essen. Die Stimmung war verständlicherweise gedrückt. Keiner wusste so recht, was er sagen sollte und so war es an diesem Abend ruhig, wie selten zuvor.

Durch die offenen Spalten ihrer Wellblechhütte konnte man gut wahrnehmen, was draußen auf der vorbeiführenden kleinen Gasse genau passierte und gesprochen wurde. Bereits von weitem hörte Aarya eine erregte, leicht tränenerstickte weibliche Stimme. Sie versuchte zu verstehen, was gesprochen wurde, aber die Stimme war noch zu weit entfernt. Als sich die beiden Personen ihrer Hütte näherten, war der Grund für das offensichtliche Leid sofort klar.

„Wie sollen wir unsere Tochter weiterhin ernähren? Seitdem du deine Arbeit verloren hast, müssen wir sogar in den Mülltonnen nach Resten suchen.“ schluchzte die weibliche Stimme. „Wie soll das nur weitergehen?“

In diesem Moment wurde Aarya klar, dass es trotz ihrer eigenen schlechten Lebensbedingungen, immer noch Menschen in ihrer Gegend gab, welchen es noch schlechter ging als ihrer Familie. Das bedrückte sie und ließ ihre Sorgen in den Hintergrund treten. Ihre Eltern haben zumindest ein kleines Geschäft, welches einen kleinen Ertrag abwirft und Ihnen ein Leben ermöglicht, wo nicht jeden Tag, um jeden Krümel gekämpft werden muss.

Duh von Aarya wieherte ganz leicht und meinte: „Komm, steh schnell auf und laufe ihnen nach und biete ihnen den Linseneintopf an. Schnell, bevor du sie aus den Augen verlierst!“

Aarya zögerte kurz, denn ihre Gedanken wollen sich mit möglichen Problemen beschäftigen, aber sie konnte keine finden. Und so rannte sie los, ihre Familie mit offenem Mund am Tisch zurücklassend.

Es verging mehr als eine Stunde, bis Aarya, mit weiteren drei Personen in die Hütte zurückkam. Wie sich herausstellte, wohnte die junge Familie fast eine halbe Stunde entfernt. Sie war gerade einmal 20 und ihr Mann 22 Jahre alt. Ihre gemeinsame Tochter war im zarten Alter von gerade einmal 6 Monaten.

Sie hatten ihr Baby bei einem Nachbarn abgegeben, um auf der Straße Menschen zu finden, welchen sie die Schuhe putzen konnten. Aber heute war kein Geld zu verdienen gewesen und so mussten sie mit leeren Händen wieder zu ihrem Kleinkind zurückkehren. Das junge Paar war gezeichnet von diesem schweren Tag. Aber wo anfangs noch Tränen der absoluten Verzweiflung waren, entstanden Tränen der Hoffnung und Freude.

Als Aarya ihnen nachgelaufen war, hatte sie ihnen angeboten, bei ihrer Familie zu essen. Es hatte ein Weilchen gedauert, bis die Eisschicht gebrochen war, doch dann gingen sie gemeinsam nach Hause, um ihre Tochter abzuholen. Auf diesem Weg gab es wahrlich interessante Gespräche, wie Aarya später feststellte. Sie erkannte das Grundverständnis der abwertenden Haltung der Menschen außerhalb des Armenviertels ihnen gegenüber und sah die Machtlosigkeit und Aussichtslosigkeit daran etwas zu verändern.

„Wie könnte man diesen Menschen nur die Wahrheit vermitteln?" sagte Aarya, ohne sich negativ über sie zu äußern.

„Ich versuche einfach ein netter Mensch zu sein und mehr kann ich aktuell nicht tun!", befand sie als einzige Möglichkeit.

Also saßen sie nun zu siebt um diesen kleinen wackeligen Tisch herum und aßen gemeinsam Linseneintopf mit Fladenbrot. Es war eine ruhige besonnene Gruppe von einfachsten Menschen voller Herzlichkeit. Nachdem Aaryas Eltern das Schicksal dieser jungen Familie erfahren hatte, war auch der heute eingetroffene Brief in Vergessenheit geraten und in der gemeinsamen Runde entstanden sogar zwei Ideen.

Die erste Idee war, dass Aarya's Vater den jungen Mann anbot, für ihn ein paar Stunden im Geschäft auszuhelfen. Zumindest soviel, dass sie sich das Nötigste zum Essen kaufen konnten.

Der zweite Gedanke war aber noch grandioser, denn sie unterhielten sich darüber, wie sie anderen Menschen helfen konnten. Nach dem Motto: „Wenn es dir nicht gut geht, finde jemanden, dem es schlechter geht, und hilf ihm". Damit wollten sie den umliegenden Bezirken zeigen, dass sie nicht nur nutzloses Gewürm aus den Gossen sind.

Aarya:
Duh: 20 Punkte / Zmaj: 0 Punkte / Gnom: 0 Punkte / Vila: 0 Punkte

✦✦✦✦✦✦

Aarya lebt nicht mehr in einer Hütte aus Wellblech. Heute haben sie einfaches Mauerwerk. Sie brauchte nie viel, aber Aarya ist heilfroh, dass es nicht mehr tropft, wenn es draußen regnet.

Ihr Bruder ist heute krank und daher wollte sie noch einmal bei ihm im Zimmer vorbeischauen, um zu fragen, ob er vielleicht noch etwas braucht. Jetzt ist sie auf dem Weg zu ihrer neuen Bestimmung. Man könnte nun ein eigenes Buch schreiben, um zu erklären, was genau seit diesem Tag vor zwei Jahren passiert ist. Ich erzähle euch lediglich vom Anfang.

✦✦✦✦✦✦

Der junge Mann begann bereits am nächsten Tag, bei ihrem Vater auszuhelfen und Aarya ging nach der Schule zu der jungen Frau mit ihrer Tochter. Manchmal haben sie sich dann gemeinsam zugetraut, eine Stunde in die Stadt zu gehen, um andere Menschen zu fragen, ob sie dafür bereit wären, jemanden zu helfen, dem es schlechter geht, als ihnen selbst. Da ernteten sie aber meist nur Hohn und Spott. Aber seit diesem Tag, als sie diesen etwas älteren Mann getroffen hatten, ging alles ziemlich schnell.

✦✦✦✦✦✦

Aarya nimmt die junge Mutter bei der Hand, welche unter einem Tragetuch ihr kleines Mädchen bei sich trägt. Die beiden gehen langsam durch die Vorstadt von Mumbai, welche direkt an ihr Armenviertel grenzt. Dort geht es ein wenig gesitteter zu, aber das Durcheinander ist immer noch ziemlich groß. Viele Motorräder huschen die kleinen Gassen entlang und auf größeren Fahrwegen kommen dazu noch unzählige Gefährte mit 3 und 4 Rädern. Sie haben eigentlich kein wirkliches Ziel. Sie gehen lediglich durch die Straßen und versuchen zu fühlen, bei wem sie es probieren könnten. Manchmal bleiben diese Leute stehen, aber meist gehen sie mit einem Lächeln weiter. Das sollte sich aber an diesem Tag ändern.

✦✦✦✦✦✦

Ein älterer gut gekleideter Herr, um die 60 Jahre, hockt auf einer Parkbank und genießt seine Mittagspause. Heute war es ziemlich stressig in der Firma, da wirkt für ihn manchmal ein kleiner Spaziergang im Freien Wunder. Mit einer kleinen Pausenbox in seiner linken Hand, sitzt er auf der Parkbank, um sich in der Zeitung erstmal zum Weltgeschehen zu informieren.

„KRIEG!“ steht in großen Lettern auf der ersten Seite.

„Was stellen die da bloß an? Das endet nicht gut. Aber was soll ich schon machen? Es wäre genug, wenn einfach jeder die Waffen niederlegen würde, dann könnte es nie einen Krieg geben!" denkt er zu sich selbst. Er blättert gerade auf die nächste Seite, während er kurz zu seiner Linken schaut.

Der Gnom meint: „Schau an, schau an, wer kommt denn hier daher? Das sind doch diese Menschen aus dem Armenviertel. Wie oft haben die bei euch eingebrochen!! Ich kann sie nicht mehr sehen. Und schau her, die etwas Ältere ist auch noch schwanger! Das hört so ja nie auf!"

Er versucht sich wieder in die Zeitung zu vertiefen, in der Hoffnung, dass sie ihn ja nicht ansprechen und wer weiß, auch noch um Geld anbetteln. „Zuerst stehlen und dann noch betteln. Das ist zu viel!" meint er zu sich selbst. Aarya nähert sich gemeinsam mit der jungen Mutter und dem Baby der Parkbank.

Zmaj von Aarya mit fauchender Stimme: „Siehst du nicht, dass der euch nicht mag? Du bist ja nur Gesocks oder bist du etwa blind?"

„Sei doch endlich still, du plapperndes Monster! Du probierst es also immer noch, jedoch höre ich nicht mehr hin!" meint Aarya zufrieden zu sich selbst.

Duh von Aarya meint: „Ach Aarya, ich bin so stolz auf dich. Du machst das prima. Es fühlt sich doch gut an für dich, also setzt euch einfach dort hin und schaut was geschieht. Ich bin gespannt, was du dazu sagen wirst!"

Sie gehen langsam zur Parkbank, bleiben kurz stehen und nehmen beide mit einem Lächeln Platz. In diesem Moment beginnt sich das kleine Lebewesen im Tragetuch unwohl zu fühlen, dreht sich und schreit.

Der Gnom des Mannes meint: „Hmmm.... sie ist nicht schwanger, sie hat ein Baby! Und jetzt wird sie wahrscheinlich auch noch mit der Brust stillen!"

Bis jetzt hat der Herr es noch nicht gewagt, seine Zeitung beiseite zu legen und sie anzuschauen. Zu unwohl war ihm und er war jeden Moment auf ein Bitten vorbereitet. Als er nach einer Weile aber nichts mehr von den dreien gehört hatte, schiebt er sein Journal kurz zur Seite, um zu kontrollieren, ob sie überhaupt noch neben ihm sitzen. In diesem Moment trifft ihn der Schlag.

Die beiden Mädchen schenken ihm überhaupt keine Aufmerksamkeit, sie sind in Gedanken versunken. Aber die kleine Tochter schaut mit zwei Kulleraugen aus dem Tragetuch und lächelt ihm zu. Nicht die junge Frau und das Mädchen, über welche er so negativ gedacht hat, interessieren sich für ihn. Nein, dieses Baby.

Er hat keine Kinder, da er zeugungsunfähig ist. Seine Frau und er wünschten sich innigst Kinder, doch es hatte nie sollen sein. Wie sehr hat er darunter gelitten, dass etwas mit ihm nicht stimmt und dadurch das erhoffte Familienglück ausgeblieben ist. Dieses Gefühl nichts wert zu sein - versagt zu haben. Jetzt ist er schon fast im Ruhestand und fragt sich manchmal, ob es dies nun gewesen ist. Es liegt ja nicht mehr viel vor ihm und er hatte alles erreicht, was er wollte. Aber irgendwie fehlte etwas und er wusste nie, wo das Manko lag. Er hatte immer auf diesen Moment hingearbeitet, aber nun wo er hier sitzt, merkt er, dass es doch gar nichts zum Erreichen gibt.

Und nun wird er von den Kulleraugen direkt überrollt. Das Baby mit seinen begrenzten Möglichkeiten sich zu äußern, lächelt jedes Mal mehr, wenn er mit dem Auge zwinkert. Das berührt sein Herz. Und so begibt er sich mit aufgeregter Mimik in eine Kommunikation mit dem Kleinkind.

Als die Mutter dies bemerkt, dreht sie sich in Richtung des Herrn und lächelt ihm zu. Ohne auch nur ein Wort gesprochen zu haben, befreit sie ihre kleine Tochter vom Tragetuch und gibt dem kleinen Mädchen die Chance, sich dem Herrn mehr zuzuwidmen, was sie auch prompt annimmt.

Und so kommen die drei in ein Gespräch. Aarya erzählt dem Herrn, wie sie der kleinen Familie geholfen haben und es immer noch tun. Er spürt, wie glücklich alle sind und dass er immer falsch von ihnen gedacht hatte. Auf Grund dessen, dass er sich so wohl in ihrer Nähe fühlte, stimmte er zu, sie beide bei der Hilfe anderer Menschen zu unterstützen.

„Schließlich, was will ich denn noch groß erreichen?“

Älterer Herr / Aarya / Mutter / Kleinkind:
Duh: 60 Punkte / Zmaj: 0 Punkte / Gnom: 0 Punkte / Vila: 0 Punkte

✦✦✦✦✦✦

Und so geht Aarya heute ihrer neuen Bestimmung entgegen, zu jener Organisation, die erst vor kurzer Zeit gegründet wurde. Heute ist der erste Tag, wo sie in eine Räumlichkeit einziehen werden. Aarya ist schon gespannt darauf, wie es sein wird, mehr Menschen zu treffen, welche sich gerne für andere einsetzen. Das sind Menschen mit einem großen, wundervollen Herzen und dem Verständnis gegenüber Hilfesuchenden. Bereitwillige, welche gerne hinhören, wenn über Probleme gesprochen wird und welche versuchen, die Lebenssituation jedes Einzelnen zu verbessern, indem sie alles aus einem anderen Blickwinkel betrachten und damit dem Gegenüber Kraft schenken und sie ermutigen, aktiv zu sein und an sich selbst zu glauben. Aarya freut sich darauf, denn sie weiß, unter solchen Gleichgesinnten fühlt sie sich pudelwohl.

Sie weiß nicht ganz genau, wo dieses neue Büro mit einem kleinen Lagerraum sein soll. Ihr hatte man nur gesagt, nach der ersten Kreuzung links, dann ein paar Blocks hoch und dort auf der rechten Seite. Sie steht nun an der Kreuzung und bewegt sich zur linken Seite. Es zaubert ihr bereits ein Lächeln ins Gesicht. Sie sieht vor einem Wohneingang auf der rechten Straßenseite einige Mädchen, welche ihr bekannt vorkommen. Sie winken ihr überglücklich zu und Aarya fühlt sich von ihnen anerkannt und sie durchströmt ein behagliches Gefühl. Ja, hier ist sie glücklich.

Als sie näherkommt, merkt sie, dass die Aufregung ziemlich groß ist. Mehr als zu erwarten gewesen wäre. Es sieht so aus, als könnten sie es nicht mehr erwarten, bis sie ankommt. Nicht wegen ihr, sondern wegen etwas, was sie ihr erzählen wollen. Ganz gespannt wartet sie auf den Moment, bis sie erfahren wird, um was es geht. Das Leuchten in den Augen der Mädchen ist bereits erkennbar und so sprudelt es aus ihnen heraus:

„Aarya, jemand hat uns 15.000 USD überwiesen!“

"Was für eine glückliche Fügung!" flüstert Aarya zu sich selbst, während sie von einem berauschendem Gefühl des Glücks von Duga erfüllt wird.

Aarya / Madison:
Duh: 100 Punkte / Zmaj: 0 Punkte / Gnom: 0 Punkte / Vila: 0 Punkte

Amadou - das Universum

Amadou liegt wach auf seiner Matte neben seiner Schwester. Auch heute hat er nicht gut geschlafen und ist bereits seit längerem wach. Diesmal ist der Grund jedoch ein anderer und positiver Natur. Diese gestrige Anspielung von Duh auf deren Ritual, „dass dieses doch sie - also Duh, Zmaj, Gnom und Vila“ sein sollen, das war schon ziemlich heftig. „Woher hatten wir dieses Wissen und warum verstehen wir es nicht mehr?“ Er weiß, dass er dazu keine Äußerung im Dorf machen kann, da alle erbost darauf reagieren würden.

Zmaj von Amadou meint mit verschränkten Pranken und grimmigen Blick: „Amadou, du würdest es doch nie wagen, sowas hier laut zu sagen. Die würden dich für verrückt halten, wobei sie dabei nicht ganz unrecht hätten und sie würden dich sofort aus dem Dorf vertreiben!“

"Dass dies passieren würde - bin ich mir sicher, aber sich selbst zu sehen, als sei man verrückt geworden, nein dieses ging einfach zu weit, dazu waren die gestrigen Worte zu eindringlich und zu bewegend gewesen. Ich muss es doch niemanden sagen und kann einfach ein wenig neugierig sein. Wer weiß, was ich noch alles finden werde.“ meint Amadou in positiver und motivierender Weise zu sich selbst.

Amadou erinnert sich wieder einmal an diese Zeitung, welche sich wie immer neben seiner Matte befindet. Eigentlich wollte er sie nicht mehr haben. Wollte sie irgendwo im Geheimen verbrennen, sodass dieses Exemplar, hier im Dorf, nie wieder jemand zu sehen bekommt. Aber er will doch noch einmal diesem unliebsamen Gast seine Aufmerksamkeit schenken und blättert langsam durch die Seiten. Auf der vorletzten Seite sticht Amadou plötzlich eine eigenartige Abbildung ins Auge. Sieht wie ein eigenartiger Trichter aus - am Anfang ein roter explodierender Punkt, welcher relativ schnell auseinanderfließt und sich danach nur mehr langsam erweitert. Und irgendwie war der gesamte Trichter mit kleinen

Wirbeln übersät. Die Überschrift lautet „The universe is expanding in spiral movement". Amadou versteht kein Englisch.

Amadou legt die Zeitung wieder an ihren Platz neben der Matte und überlegt, wie er heute bei seinen Forschungen beginnen kann. Das mögliche Wissen seines Stammes hat ihn inspiriert und so überlegt er schon ein Weilchen, mit wem er hier darüber reden könnte. Vielleicht beim Stammesältesten, welcher gestern an diesem Tisch gestanden hat. „Er könnte doch einfach eine nette Frage stellen - ein wenig Interesse bekunden. Ich denke, dass diesem Menschen sehr wohl daran gelegen ist, sein fast schon „geheimes" Wissen, an einen Interessierten weiterzugeben!"

✦✦✦✦✦✦

Ganz aufgeregt läuft Amadou nach der Schule gleich zu jenem Menschen, an welchen er heute früh gedacht hatte. Seine Absicht war eigentlich zuerst noch nach Hause zu gehen, um Mittag zu essen, aber dann änderte er seinen Plan.

Schnell läuft er den letzten Hügel hoch, bevor er auf der rechten Seite das letzte Haus erreicht. Er bleibt vor der Tür stehen und ruft nach dessen Bewohner. Ein alter grauer Mann kommt aus dem Raum hervor und lädt ihn ein, bei sich auf der Bank Platz zu nehmen. Amadou konnte es kaum mehr erwarten, diesem Mann seine Frage zu stellen.

Heute Morgen nämlich hatte Amadou im letzten Moment noch eine gute Idee. Er nahm die Zeitung mit in die Schule, um bei der Lehrerin nach der Bedeutung dieser Überschrift zu fragen.

„Das Universum expandiert in einer spiralen Bewegung", war die Titelzeile des Blattes - aber dieses war für Amadou absolut chinesisch. Und so kam ihm in den Sinn, diesen Mann danach zu fragen, was er alles über das Universum erzählen kann.

Und so sitzt Amadou ganz zappelig auf der Bank und wartet aus Höflichkeit darauf, bis ebenso der ältere Mann neben ihm einen Platz gefunden hat. Als ein kurzer Moment der Ruhe eingekehrt ist, platzt es aus Amadou heraus:

„Ich wollte dich fragen, was du über das Universum weißt."

Nach einer Weile lächelt der Mann und beginnt in gemächlicher Weise zu sprechen:

„Amadou, das Wissen, welches ich dir jetzt gebe, haben wir von unseren Vätern und deren Vätern. Dieses Wissen wurde uns vor langer Zeit von „Außerirdischen" gegeben. Sohn, die Erde, auf welcher wir leben, ist rund und dreht sich um die eigene Achse. Die Erde wiederum dreht sich um die Sonne. Beide zusammen drehen sich um einen weiteren Punkt und das gesamte Universum dreht sich um sich selbst!"

Auf das war Amadou nicht vorbereitet. Bei seiner Suche findet er gleich eine solche Information. Er war so verblüfft, dass ihm keine weiteren Fragen mehr einfielen und so beschloss er, wieder nach Hause zu gehen. Er musste erst mal Ordnung in seinem Kopf schaffen.

Auf dem Heimweg ging er ganz langsam, da Amadou in zu vielen Gedanken versunken war.

„In einer Zeitung aus der anderen Welt, welcher ich den Rücken gekehrt habe, finde ich etwas, was darauf hindeutet, dass sein Stamm über Wissen verfügt, dass die andere Welt erst vor kurzem gefunden hat. Ziemlich rätselhaft."

Und so trödelt Amadou langsam seinem Zuhause entgegen, darüber nachdenkend, was es noch herauszufinden gab.

„War das noch nicht genug, um davon auszugehen, dass etwas an diesen Ritualen dran ist und dass sie einfach nur aus einer anderen Sicht, aus der inneren Sicht, gesehen werden müssten?" fragt er sich selbst.

Auf einmal kommt ihm eine wundervolle Idee in den Kopf.

Amadou:
Duh: 10 Punkte / Zmaj: 0 Punkte / Gnom: 0 Punkte / Vila: 0 Punkte

✦✦✦✦✦✦

Amadou sitzt in der Wohnung einer jungen Frau und wartet gespannt darauf, dass sie ihm etwas übersetzt. Als vor einigen Tagen diese Idee aufgetaucht war, begann er alles daran zu setzen, genau hier zu sein und auf eine Antwort zu warten.

Amadou konnte sich erinnern, dass irgendwann im Unterricht davon gesprochen worden war, dass es in der nächsten Stadt unweit seines Dorfes ein „Internet" geben soll. Er hatte vorher noch nie davon gehört, aber es klang sehr spannend. Denn in diesem „Internet“ konnte man irgendwo eine Frage eintippen, um sofort Ergebnisse aus der ganzen Welt zu bekommen. Und so wollte er dieses „Internet“ fragen, was sein Stamm - die Dogon, vom Universum wissen.

Nun dreht sich die junge Frau in Richtung von Amadou und beginnt ihm etwas vorzulesen. Und während sie ihm jenen Inhalt vorliest, nach dem sein Streben gerichtet war, kommt in ihm ein stärker werdendes schönes Gefühl hoch.

„Es gibt keine Zweifel mehr, Amadou! Es gibt etwas Höheres!“ und dieser Gedanke löst in ihm wiederum ein noch glücklicheres Gefühl aus, bei welchem sich Duga in ihm, das erste Mal etwas mehr zeigt.

Jetzt konnte es Amadou nicht mehr bis zur nächsten Feier, mit den ablaufenden Ritualen erwarten, um alles mit seinem neu gewonnenen Wissen zu beobachten und in sich wirken zu lassen.

Amadou:
Duh: 20 Punkte / Zmaj: 0 Punkte / Gnom: 0 Punkte / Vila: 0 Punkte

MAX - UND DANN KAM DUGA

Max sitzt allein am Frühstückstisch in der kleinen Küche. Die Arme auf der Tischplatte aufgestützt, sein Gesicht in seinen Händen versteckend. Er atmet langsam und tief.

„Bisher ist doch alles so gut gelaufen! Was ist nur passiert?" seufzt er, während die Küchenuhr im Hintergrund 9 Uhr ankündigt.

Er schwenkt seinen Kopf leicht hin und her, während sein Atem zunehmend zittriger wird. Sein Leben fliegt zum wiederholten Male in Gedanken an ihm vorbei. Zumindest an das, was er sich noch erinnern kann.

✦✦✦✦✦✦

Obwohl er war auch glücklich gewesen, dieses beweist sein Rückblick in die Vergangenheit sehr deutlich. Aber irgendwie war alles überschattet von diesem negativen Gefühl. Er war in der Schule gehänselt worden, weil er anders als seine Mitschüler war. So meinte er es zumindest damals, aber woran es genau gelegen hatte, das weiß Max jetzt selbst nicht mehr.

Als er mit 14 Jahren aufs Gymnasium ging, hatte er das Bedürfnis, sein fehlendes Selbstwertgefühl und die fehlende Anerkennung mit irgendetwas auszugleichen. Deshalb hatte er begonnen, zielstrebig an einer Karriere zu arbeiten. Er wollte studieren und etwas erreichen.

Dieses hatte sich auch deutlich an seinem 18. Geburtstag gezeigt, als er mit seinem, bis dahin zur Seite gelegtem Geld, unbedingt einen fahrbaren Untersatz kaufen musste. Natürlich gab das Auto etwas her.

Er war erfolgreich auf der Universität und fand danach auch gleich eine gute Anstellung. All dieses bestärkte sein Gefühl, die große, weite Welt sehen zu können und so von seinem Heimatort weit wegzukommen. Er wollte unbedingt allen zeigen, dass er mehr auf den Kasten hat, als das, was andere Menschen von ihm dachten.

✦✦✦✦✦✦

Aber, als vor ein paar Tagen der Anruf vom Personalbüro kam, wo ihm mitgeteilt wurde, dass er hiermit fristlos gekündigt ist, hat es in ihm Zweifel ausgelöst und sein ganzes Tun und Handeln in Frage gestellt.

Gnom von Max sagt mit tiefen Worten, während er einen heißen Hauch ausstößt: „Du bist ein Nichtsnutz. Warst du schon immer, wirst du immer bleiben. Was willst du denn den anderen beweisen?"

Zur fast selben Zeit röhrt Zmaj mit fletschenden Zähnen: „Und du willst etwas Besseres sein, als andere? Schau dich doch mal an. Und jetzt? Wie soll es nun weitergehen? Du traust dich doch nicht mal das deiner Mutter zu sagen!! Angsthase! Und Vila, zeig doch mal den Max hier, wie man mit ihm in der Schule umgegangen ist!"

Vila beginnt ein wenig zögerlich in der Truhe zu kramen.

„Jetzt mach schon, du Elfe, oder soll ich dir Beine machen?"

Max fühlt sich einfach nur niedergeschlagen und ihm ist zum Heulen. Ein ungutes Gefühl macht sich in seinem Bauch breit, während der Druck von außen immer stärker wird.

Max:
Duh: 0 Punkte / Zmaj: 30 Punkte / Gnom: 30 Punkte / Vila: 30 Punkte

✦✦✦✦✦✦

Und so sitzt Max heute alleine in der Küche und weiß absolut nicht, was er tun soll. Antriebslos, energielos. Was soll er nur anfangen mit all dieser neu gewonnenen endlosen Freizeit? Seine Mutter bat ihn gestern den schweren Kochtopf vom Dachboden zu holen. Aber auch das möchte er bis zum letzten Moment hinauszögern. Zu beschäftigt ist er in Gedanken und zu unwohl fühlt er sich, um auch nur einen Handgriff zu erledigen.

Jetzt meint Duh in mitfühlendem Ton zu ihm: „Max, komm schon. Steh auf, geh hoch auf den Dachboden und hole deiner Mutter diesen Topf."

Widerwillig steht Max auf und macht sich auf den Weg. „Irgendwann muss ich es sowieso tun. Also warum nicht gleich." denkt sich Max dabei.

Auf dem Dachboden ist es eng und nicht allzu hell.

„Wo ist dieser verdammte Topf?" fragt Max sich selbst, während er sich seinen Kopf an einer Kante anschlägt!

„Auuuhhhh, aktuell läuft wirklich alles schief!" Aber endlich kann er dieses schwere schwarze Ding sehen. Er packt es und macht sich auf den Weg nach unten.

Duh sagt fast unhörbar in einem flehenden Ton: „Maaax, schau bitte nach links, biiiittte!"

Max schwenkt intuitiv seinen Kopf zur linken Seite und sieht dort ein großes Regal voller Bücher und Zeitschriften. Max denkt sich nichts dabei und geht bereits weiter, als ein eigenartiges Gefühl in ihm erwacht. Er stellt den Topf auf den Boden und geht noch einmal zurück zum Bücherregal. Jede Menge Romane und Krimis seiner Mutter, sowie Fachzeitschriften seines Vaters. Als er hochblickt, entdeckt er ein eigenartiges Buch. Es sieht so aus, als hätte es einen etwas zerfetzten Stoffeinband. Irgendwie kommt ihm das bekannt vor. Er streckt sich, um es aus dem Regal zu ziehen, während Max leichter Staub entgegenfliegt, welchen er sehr gut riechen kann.

Er setzt sich auf einen Stuhl, streicht den verbliebenen Staub von der Vorderseite und liest darauf in dicker farbiger Schrift „Tagebuch". Es kommen leichte Erinnerungen an seine Kindheit hoch und der Gedanke, wie er damals überzeugt war, ein Tagebuch schreiben zu müssen. Er blättert ein wenig durch das Geschriebene, als er auf einer Seite ein großes Herz entdeckt, welches seinen Blick gefangen hält. Dann beginnt Max zu lesen und sein Leben sollte ab diesem Moment nicht mehr so sein wie vorher.

„Was für ein wundervoller Tag das heute war! Diese interessante Stimme im Kopf!“ steht im Tagebuch geschrieben.

In diesem Moment ist es für Max fast so, als komme das Regenbogenland aus dem Buch zu ihm auf den Dachboden. Er erinnert sich ganz genau an diesen Abend und seine gewonnene Erkenntnis, dass die Stimmen im Kopf versuchen, ihn von etwas zu überzeugen. Und an diesem Abend vor vielen Jahren hatte er ganz klar seine eigene freie Entscheidung erkannt und die Wichtigkeit, wem er seine Aufmerksamkeit schenkt.

All das hatte er jedoch damals in den nächsten Tagen wieder vergessen und so begann wieder sein Alltag, in dem er bei den Stimmen von Zmaj und Gnom hinhörte, wobei diese jedoch alles daran setzten, ihm den Abend und sein gewonnenes Wissen vergessen zu lassen.

„Wie konnte es nur dazu kommen, dass ich mich nicht mehr daran erinnert habe!" stöhnt Max, während sich in ihm ein wundervolles Gefühl von Duga ausbreitet.

„Maaax!" ruft eine laute Frauenstimme.

In diesem Moment zieht es Max wieder aus dem Regenbogenland auf den Dachboden. Er schüttelt kurz seine neu entstandenen Gefühle ab, nimmt den großen schwarzen Topf und geht über die Treppen nach unten, wo seine Mutter auf ihn wartet.

Max:
Duh: 30 Punkte / Zmaj: 0 Punkte / Gnom: 0 Punkte / Vila: 0 Punkte

✦✦✦✦✦✦

In den nächsten Tagen und Wochen geht es Max überhaupt nicht gut. Alles nervt ihn und er ist von Gedanken geplagt. Manchmal entsteht in ihm ein Keim der Erinnerung, welchen er aber sofort abschüttelt, denn Gnom macht ihm das Leben schwer.

Der Gnom von Max schnaubt verächtlich, während er mit durchdringendem Blick sagt: „Was sollst du denn mit diesen Erinnerungen anfangen? Du hast gerade dein Studium fertiggestellt und sollst jetzt was werden. Also, lieg nicht faul auf deiner Haut rum - beweg dich!"

Meist gibt auch Zmaj seinen Senf dazu und macht Max richtig Feuer unter dem Hintern:

„Glaubst du tatsächlich an das törichte Einhorn? Du Verräter, du Nichtsnutz. Wie oft muss ich dir das noch klarmachen? Du enttäuschst mich, Max! Wirklich. Und was erhoffst du dir hier auf dieser Erde schon

Großartiges zu vollbringen? Willst du etwa jetzt die Welt retten, du Träumer? Die Leute werden sich köstlich über dich amüsieren... Hahahaha!" donnert Zmaj mit einem ohrenbetäubenden Krawall, während er Feuer speit und mit seinen kraftvollen Flügeln die Luft aufwirbelt.

Max geht es kalt den Rücken hinunter. Dazu kommt die Wortwahl von Zmaj - „Die Welt retten!" Dazu fällt Max nur diese wunderschöne, aber in weite Ferne gerückte Kurzgeschichte ein.

„Ja damals, als Kind habe ich diese Geschichte so wundervoll wahrgenommen. Aber jetzt, wo ist das alles geblieben?" seufzt Max, während ihm unschöne Bilder mit der Situation auf der Erde vor den Augen vorbeifliegen.

Alles ist unter einer dicken Staubschicht irgendwo liegengeblieben und begraben. Dabei hat diese Geschichte Max damals so motiviert. Malli und Erdi - was für eine hinreißende Erzählung. Bei dieser kann Max, trotz seiner inneren Schmerzen, noch ein wenig in Freude lächeln.

Max:
Duh: 0 Punkte / Zmaj: 30 Punkte / Gnom: 30 Punkte / Vila: 0 Punkte

WIR MÜSSEN NUR NOCH SCHNELL DIE WELT RETTEN

Malli und Erdi sind auf dem Weg zur Arbeit. Sie haben einen ganz besonderen Job. Sie pflegen Galaxien.

Was sind denn Galaxien? Das Universum, in welchem wir leben, ist riesengroß. Das kann man mit Worten nicht beschreiben. Das Universum ist im Prinzip leer und besteht aus unzähligen kleinen Wirbeln, den Galaxien, welche durch große Distanzen voneinander getrennt sind und ihrerseits Gruppen bilden. Malli und Erdi sind in der Gruppe des „lokalen Galaxienhaufens“ eingeteilt, in welchem sich auch die Milchstraße, die Heimatgalaxie der Erde, befindet.

Und so tuckern Malli und Erdi in ihrem speziellen Raumschiff durch den lokalen Galaxienhaufen, um nach dem Rechten zu sehen.

Ganz aufgeregt sagt Malli zu Erdi: „Das war gestern ein Spaß!“

„Allerdings“, antwortet Erdi mit einem zufriedenen Lächeln.

Das, was die beiden am Vortag erlebt hatten, war auch für sie ziemlich speziell, denn im Normalfall prüfen sie die Temperaturen der Sterne und der Planeten. Außerdem kontrollieren sie die Umlaufbahnen der Planeten um deren Sonne. Aber das gestern war eine andere Hausnummer! Was war passiert? Eine Galaxie hat aufgehört sich zu drehen. Das war ein absoluter Notfall! Malli und Erdi waren sofort mit großem Gerät und Verstärkung angebraust, um die Galaxie wieder zum Laufen zu bringen. Aber am Ende des Tages war alles geschafft und jeder war zufrieden.

Heute ist es ruhiger. Alles scheint in Ordnung zu sein. Sie brausen gerade an der Milchstraße vorbei, da kommt Erdi ein Gedanke:

„Lass uns doch die Erde besuchen!“

Er kann sich diesen Planeten so gut merken, weil er doch einen fast identischen Namen hat wie dieser.

„Ja, das ist eine gute Idee. Wir waren ja lange nicht mehr dort! Die Erde ist doch so wunderschön!" ruft Malli hocherfreut.

Die Erde ist nämlich etwas ganz besonderes und sie unterscheidet sich enorm von anderen Planeten. Es ist nämlich ein lebendiger Planet, von denen es nicht so viele gibt. Im Normalfall sind Planeten ein Klumpen aus Gas, Asche und Steinen, aber die Erde ist anders. Und so lenkt Malli das Raumschiff direkt auf die Galaxie zu.

Sie sind voll auf Kurs und bewegen sich mit sehr großer Geschwindigkeit. So fliegen sie bereits beim Sirius vorbei, einer der nächsten Sterne der Erde. Bereits aus der Ferne erkennen die beiden, mit einem Lächeln die Sonne, dem Heimatstern der Erde. Sie verlangsamen ihre Geschwindigkeit, um kurz diesen Ausblick besser genießen zu können.

„Ach, wie schön! Unsere blaue Perle!" ruft Erdi, nachdem in einer noch etwas größeren Distanz, die kleine Erde, wie aus dem Nichts in blau schimmernder Farbe zu glänzen beginnt.

Sie nähern sich behutsam. Alles schaut recht gut aus, als Malli etwas auffällt:

„Was war das denn? Hast du das auch gesehen? Auf der Schattenseite gab es so etwas wie eine ganz kleine Explosion!"

Sie nähern sich weiter und bemerken, dass die Erde wie von einer Art Spinnweben leicht umgeben ist. Als wären es ganz kleine Metallteilchen, wie Satelliten. Malli und Erdi schwant bereits Böses.

Malli und Erdi parken ihr Raumschiff in einiger Entfernung zur Erde und steigen aus, um sich ihr zu nähern. Die Erde, obwohl für sie riesig, ist dennoch winzig im Vergleich zu den anderen Himmelskörpern. Wenn sich

Malli ganz ausstreckt, kann er gerade so den Nordpol erreichen – so wie ein Riese, der seine Hand auf eine Kugel legt.

Jupiter, der größte Planet des Sonnensystems der Erde, scheint in ihrem Maßstab wie ein bescheidenes siebenstöckiges Haus. Und die Sonne, das strahlende Zentralgestirn, wirkt wie ein gigantisches Wolkenkratzer-Hochhaus, das über 75 Stockwerke in den Himmel ragt und mehr als 23 Kilometer von der Erde entfernt ist.

Ausgerüstet mit zwei Besen, beginnen sie erstmal diesen Metallschrott von der Erde abzukehren. „Wer hat das denn da angebracht?" meint Erdi ganz erstaunt.

Während Erdi noch den entstandenen Metallhaufen in ein Kehrblech fegt, holt Malli ein Endoskop aus dem Raumschiff. Das ist ein langer Schlauch, mit welchem sie durch die Atmosphäre, welche eine Art Schutzschicht der Erde darstellt, ein detailliertes Bild von der Oberfläche der Erde erhalten können. Gekonnt führt Malli das Endoskop ein und begutachtet durch einen Brillenaufsatz die gelieferten Bilder.

„Ach du meine Güte!“ ruft Malli mit Entsetzen aus.

„Überstunden?“ meint Erdi mit ein wenig Humor.

„Ja, sieht ganz danach aus.“ antwortet Malli kühl.

Während Malli die Situation genau untersucht, entstehen in ihm allerhand Gedanken.

„Da ist der typische grau - schwarze Schorf, welcher auf der ganzen Erde zu finden ist. Wenn ich hier mit meinem Finger reiben und daran riechen würde, wäre ein Ziegel- oder leichter Zementgeruch wahrnehmbar. Zu gut kenne ich das von anderen Einsätzen. Das Wasser der Ozeane hat seine Durchsichtigkeit und den natürlichen Blauschimmer verloren. Die Luft wirkt an vielen Orten wie undurchdringlicher, grauer, stinkiger Nebel. An vielen Stellen wurde die Erde sogar verletzt. Dicke, tiefe Gräben und Löcher sind in den Bergen und auch im Flachland zu sehen. Ebenso sind die Wälder und der Boden selbst bereits zu einem gewissen Teil in Mitleidenschaft gezogen. Die Erde ist definitiv krank und weint bereits. Gut, dass wir hier sind, denn aus Erfahrung weiß ich, dass dies eine Rettung in allerletzter Minute ist.“

Sie wissen jetzt ganz genau, was zu tun ist, denn sie haben Routine in ihrem Job. Ja, es ist anstrengend, doch das Resultat kann sich dann sehen lassen und das bevorstehende Ergebnis motiviert Malli und Erdi. Dies ist der Grund, ihre Tätigkeit liebevoll, sorgsam und mit Bedacht auszuüben.

Zuerst entfernen sie den grau - schwarzen Schorf. Dabei verwenden sie ein Gerät, welches man von der Zahnarztpraxis recht gut kennt. Es sind diese Bohrer, welche Gänsehaut hinterlassen, wenn sie mit dem Zahn in Berührung kommen. Erdi geht ein Schauer über den Rücken, als er mit der Arbeit beginnt. Zum einen erinnert er sich an seinen letzten

Zahnarztbesuch und zum anderen überschwemmen ihm die Gefühle, welche er dort hatte, sowie die Gedanken, die Erde würde genauso dabei leiden. „Aber was soll ich tun? Nur so kann ich ihr helfen!“ denkt er sich.

Als Zweites reinigen sie die Luft. Mit einem speziellen Gerät, welches sie mühsam aus ihrem Raumschiff holen und an beide Seiten der Erde anschließen, entfernen sie nach und nach all die Verschmutzungen. Ganz gespannt stehen die beiden neben dieser lauten Maschine, um zu sehen, was so alles abgesaugt wird.

„Wie kann man da nur noch atmen?“ fragt Malli entsetzt, als er sieht, wie sich ein grauer dunkler Schleier in der Maschine ausbreitet.

Als diese Arbeit abgeschlossen ist, beginnen sie mit dem letzten Schritt, der Säuberung des Wassers. Mit einer Kanüle, welche Malli unten an der Erde anbringt, wird das Wasser hineingezogen und durch einen Filter geschickt. Das saubere Wasser wird in einem separaten Tank aufgefangen, um es nachher wieder zurückzuspülen.

Aber schon streikt die Gerätschaft und Erdi prüft, warum dieses Ding nicht mehr läuft und öffnet sie.

„Ach du meine Güte! Was ist das denn alles? Plastik?“

Malli stürmt ungläubig zu ihm, stellt jedoch fest, dass sein Kollege damit Recht hat.

„Wie kann man nur so blöd sein?“ ergänzt Malli, während er mit dem Finger in den Wassertank greift, um das Wasser mit seinem Geschmackssinn im Mund zu prüfen, während er eigenartig sein Gesicht verzieht.

„Vergiss es!“ seufzt Malli.

Beiden ist sofort klar, dass diese Arbeit gar keinen Sinn macht. Absaugen und frisches Wasser einfügen. Mit ihrem Wissen ist ihnen klar, dass sie nach gar keiner anderen Lösung suchen brauchen. Gut, dass sie immer ausreichend viel, von dieser wichtigen Flüssigkeit bei sich im Raumschiff haben. Schließlich ist es einer der am meisten vorhandenen Elemente im ganzen Universum und unterstreicht damit die Wichtigkeit desselben.

Als die Ozeane wieder mit klarem Wasser gefüllt sind, gießen sie mit einer Kanne auch noch die komplette Erde.

„Das ist sehr wichtig, da hierdurch der Kreislauf wieder in Gang kommt!“ weiß Erdi aus Erfahrung.

„Geschafft!“ rufen beide gleichzeitig aus, als sie erfreut mit dem Endoskop prüfen, ob alles wieder in Ordnung ist. Ihr Herz blüht auf. Sie sehen gesunde Wälder, kristallklares Wasser und unzählige fluffige Wolken.

„Wie idyllisch!“ haucht Malli mit gefühlvoller Stimme.

„Ja, einfach nur wunderschön.“ pflichtet Erdi ihm bei.

Und so treten sie beide innerlich bewegt ihren Rückweg nach Hause an, wo bereits zwei Familien gespannt auf die Rückkehr ihrer Väter warten. Malli und Erdi sitzen bei ihren Familienangehörigen beim Abendessen und erzählen von ihren Erlebnissen. Die Kinder lauschen gespannt den Worten ihrer Väter und sehen das Glück in den Augen der beiden schimmern. Malli und Erdi sind begeistert, dass sie eine solch schöne Arbeit haben und ihren Kindern eine wichtige Nachricht hinterlassen können:

„Kinder! Achtet auf die Erde, denn ihr habt nur eine!!!“

EIN NEUES ZIEL

Max tunkt eine Weißbrotscheibe mit richtig dick aufgetragener Schokoladencreme in eine Schale mit Kakao. Er liebt das immer noch, genauso wie damals in seiner Kindheit. Seit diesem wunderschönen Moment auf dem Dachboden ist ein Jahr vergangen. Die ersten paar Wochen und Monate danach waren noch hart, aber Max ist seither nicht mehr so wie vorher. Kein Stein ist auf den anderen geblieben.

Er hat ganz in der Nähe seines Dorfes eine neue Anstellung gefunden. Es ist nichts Besonderes, doch er ist glücklich, da er nun seinen Sinn des Lebens gefunden hat. Und das ist für ihn jetzt die Hauptsache. Max hat begonnen mit den Mitteln, welche ihm zur Verfügung stehen, den Mitmenschen zu helfen. Er hört hin, was sie zu erzählen haben, um die Sichtweise auf die Welt zu verstehen und daraus zu lernen.

„Das ist so spannend!“ denkt sich Max dabei immer wieder aufs Neue.

Auch arbeitet er seit ein paar Monaten an seinem neuen Vorhaben, welches ihn ganz besonders freut. Natürlich war es Duh, die ihn dazu angestiftet hatte. Er saß gerade vor seinem Haus auf der Terrasse, während es leicht zu nieseln begann.

Duh meinte dabei: „Max - schau gerade aus. Siehst du das, was ich sehen kann?“

Danach kam Duh Max so nahe, dass es nur Max und Duh waren, welche die Worte vernehmen konnten. Und ab diesem Moment hatte Max eine weitere Leidenschaft für sich entdeckt.

Aber bis das Leben von Max zu dem wurde, was es jetzt ist, musste er ziemlich viel lernen und einige Kämpfe austragen.

Als in Max damals die Erinnerungen seiner Kindheit hochzukommen begannen, waren Zmaj und Gnom immer voll zur Stelle. Die Erinnerungen waren vage - die Nachricht jedoch immer sonnenklar. Und jedes Mal, wenn diese unbeschreiblichen Gefühle in ihm hochkamen, fing es an zu zischen und zu kreischen.

„Maaaaaaaxxxx!! Das glaubst du wohl selbst nicht! Eine andere Empfindung wie du jetzt hast!? Das müssten doch mehrere Menschen durchgemacht haben?? Hörst du was? Nö... ich würde sagen du bist ein Spinner!“ grollten beide seitlichen Kollegen, während ihre Worte wie zornige Blitze durch die Luft zischten.

Max horcht kurz hin, zuckt zusammen und das wunderschöne Gefühl ist dahin. Aber es bleibt in seinem Unterbewusstsein hängen und ist somit während des ganzen Tages irgendwo in seinen Gedanken präsent.

✦✦✦✦✦✦

Solche Erlebnisse schockten Max. Aber das Gute daran war: Er erinnerte sich daran, dass er in seiner Kindheit ganz klar der Überzeugung war, dass es immer zwei Sichtweisen auf jede Situation gibt. Alles hängt davon ab, wem man in seinen Gedanken seine Aufmerksamkeit schenkt. Zmaj und Gnom mit ihren kritischen, verurteilenden, hinterlistigen und egoistischen, materiellen Ideen oder Duh mit ihrer Liebe, Fürsorglichkeit, Bedingungslosigkeit, Selbstlosigkeit und Herzenswärme.

Diese Unterschiede begann Max allmählich zu verstehen und konnte sich dadurch langsam von der Kontrolle von Zmaj und Gnom lösen. So auch bei der folgenden Geschichte, welche sich an einem sonnigen Frühlingsvormittag ereignete.

✦✦✦✦✦✦

Max ist in seinem Auto in Richtung Bahnhof unterwegs. Die Sonne strahlt vom Himmel und es ist keine Wolke zu sehen. Der Morgen ist noch frostig und kalt und dies kann an den gefrorenen Wasserpfützen gut ausgemacht werden, welche Max gelegentlich bei seiner Fahrt am Straßenrand sieht.

„Diese schönen gefrorenen Wasserpfützen. Oooohh, wie sehr habe ich das als Kind geliebt, diese mit den Schuhen zu zertreten! Dieses unverkennbare Geräusch, welches dabei entsteht!" denkt Max zu sich selbst.

Max muss kurz bei einem Freund vorbeischauen, um ihm etwas vorbeizubringen. Er hat nicht allzu viel Zeit, denn gleich um zehn Uhr muss er seine Mutter im Supermarkt abholen - Samstagseinkauf. Er ist etwas spät dran und leicht genervt, dass er es wieder einmal nicht geschafft hat, sich zeitiger auf den Weg zu machen.

Er fährt durch die schmale Straße, an dessen Ende sein Freund in einer Mietwohnung lebt. Und wie es zu erwarten war - kein Parkplatz.

„Das auch noch! Möchte mich jemand ärgern?" schmunzelt Max.

Am Ende dieser Straße gibt es ein Büro mit ein paar Privatparkplätzen. Es ist Samstagvormittag und das Büro ist geschlossen. Max biegt um die letzte Kurve und sieht, dass alle Parkplätze, welche für das Büro ausgewiesen sind, frei sind.

Mit dem Besitzer ist nicht gut Kirschen essen. Ein älterer Eigenbrötler, welcher selten, wenn überhaupt ein Lächeln schenkt. Max gesteht sich ehrlich ein, dass er ihn nicht mag, doch er scheint nicht hier zu sein, da sein Auto nirgends sichtbar ist.

„Und wenn doch - ich muss ja nur 5 Minuten hoch zum Freund. Noch dazu ist heute Samstag und das Büro ist geschlossen. Es wird doch kein Verbrechen sein." denkt Max.

Max parkt sein Auto vorsichtig innerhalb der Begrenzungslinien, steigt aus und begibt sich zum Eingang des Treppenhauses, neben welchem sich auch der Eingang zum Büro befindet. Gerade als Max an dessen Türe vorbeigeht, öffnet sich die Bürotür, in dessen Rahmen sich der korpulente Körper des älteren Herrn breitmacht, welcher bereits vorab von Zmaj bearbeitet worden war.

„Guck mal zum Fenster raus! Wieder jemand der seine Karre auf deinem Parkplatz hinstellen möchte! Du kannst nicht oft genug kontrollieren, dass alles korrekt ist. Schließlich hast du Jura studiert, und kennst das Gesetz in- und auswendig. Also, geh raus und verteidige dein Revier!" kreischt Zmaj.

Ohne eines Blickkontaktes, geschweige eines Grußes, sprudelt es aus dem Herrn in der Türe heraus:

„Stell dein Auto irgendwo anders hin. Das ist Privatparkplatz!"

Bereits in dem Moment als Max sah, wie sich die Bürotür öffnete, fühlte sich Max unwohl, da er eine Vorahnung hatte, was ihn erwarten würde. Zmaj von Max hatte ihn nämlich auf das eingestimmt, da er seinen

Drachenkollegen, von dem älteren Herrn, bereits vorhin beim Parken des Autos recht gut fühlen konnte.

In diesem Moment fiel Max nichts anderes ein, als das zu sagen, was ihn bereits bei der Anfahrt durch den Kopf gegangen ist:

„Aber heute ist doch Samstag, das Büro ist geschlossen. Zudem muss ich nur kurz hoch und ich bin auch gleich wieder weg.“ sagt Max mit einer etwas stottrigen und angespannten Stimme, während er ein unwohles und ein von außen nach innen drückendes Gefühl wahrnimmt, welches auch seine allgemeine Wahrnehmung leicht aber eindeutig verändert.

Gnom und Zmaj des Herren dröhnen: „Ja was meint dieser junge Mann, wer er ist? Du hast dein ganzes Leben lang geschuftet und dir dein Reich aufgebaut und dann kommt so ein frecher Bengel und meint er kann hier alles tun, wie es ihm gefällt! Wie lange hast du für den Ankauf dieses Büros mit den Parkplätzen gebraucht? Und so wie er aussieht, hat er in seinem Leben überhaupt noch nichts geleistet! Weise ihn zurecht, so dass es ihm eine Lehre sein wird!“

Der ältere Herr meint zu Max mit einem giftigen Ton, während er wild gestikuliert:

„Wenn es so wie du eben, alle tun würden, wohin würden wir dann wohl kommen? Schau, dass du dein Auto irgendwo anders hinstellst. Diese Parkplätze gehören mir und wenn es dir nicht passt, dann hole ich die Polizei! Ich komme auch nicht zu dir nach Hause und stelle mein Auto vor deine Haustür!“

Perplex von der Antwort geht es auf der Gedankenebene von Max wild hin und her.

Zmaj von Max meint hinterlistig: „Was sind die Menschen doch komisch geworden! In einer solchen kleinen Stadt - kein Zusammenhalt mehr!

Nicht einmal fünf Minuten parken ist erlaubt. Es ist ein Jammer - ja geradezu lächerlich!"

Ein leichtes Wiehern ist im Hintergrund zu vernehmen und dazu erklingen folgende, kaum hörbare Worte: „Max, erinnere dich. Er gehorcht nur Zmaj und Gnom und weiß davon nichts!"

Max fühlt die Ungerechtigkeit, obwohl der ältere Herr, ja irgendwo zumindest laut Gesetz im Recht ist. Aber wo bleibt die Menschlichkeit? Er weiß, dass er jetzt keinen Fehler machen sollte. Aber wie? Sein gegenüber ist sich seiner Handlung absolut sicher und darüber kann unmöglich diskutiert werden. Von diesen Worten beeinflusst, meint Max überheblich und in einer leichten spöttischen Art:

„Ja, ja. Ich parke das Auto schon um. Wegen fünf Minuten?! Wie lächerlich!"

✦✦✦✦✦✦

Am selben Abend beim Schlafengehen denkt Max immer noch über dieses eigenartige Ereignis vom Vormittag nach. Immer noch kommen Unverständnis und ein leichter Groll in ihm hoch, wenn er die Situation an sich vorbeiziehen lässt.

„Hätte ich anders reagieren sollen? Aber wie? Warum bin ich immer noch leicht verärgert?" fragt sich Max hilflos.

Duh beginnt nun ganz vorsichtig ihre Sichtweise in die Ohren von Max zu flüstern: „Das hat alles schon im Auto begonnen, Max. Du warst dir darüber nur nicht bewusst. Zmaj hat die Worte seines Drachenkollegen recht gut interpretieren können und hat daraufhin bereits begonnen, Druck auf dich auszuüben. So bist du schon angespannt in die Situation geraten. Du wusstest bereits, wie schwer es wird, mit ihm, über solche Dinge zu reden und in dir kreisten schon die Gedanken: "Mit dem ist nicht gut Kirschen essen!" umher. Du warst innerlich bereits negativ ausgerichtet - das mag schwer zu glauben und zu verkraften sein, aber ich habe deine Gefühle und deine Aufmerksamkeit gut beobachten können. Max, ein Gedanke, wie „mit dem ist nicht gut Kirschen essen", ist nicht das Problem, sondern die Intention dabei und deine Gefühle und Energien, welche du selbst so erzeugst. Ich möchte dir keine Ratschläge geben, denn am Ende musst du das selbst für dich herausfinden."

„Aber wie hätte ich es besser machen können?" fleht Max.

„Versuche immer positiv über Menschen zu denken und vergib ihnen, wenn sie bei Zmaj und Gnom hinhören, auch wenn das manchmal schwierig ist. Du hättest dich freuen sollen diesen Mann zu sehen und die Gelegenheit nutzen sollen, um ihn mit einem Lächeln zu beschenken und deine neu gewonnene Art zu zeigen. Ja, wahrscheinlich hätte er dich auf dieselbe Art und Weise empfangen. Aber, wo liegt das Problem? Lass ihn doch seine Sorgen. Lächle friedlich zurück, ohne jegliche negativen Gedanken, entschuldige dich höflich und parke dein Auto um. Das passt Zmaj und Gnom natürlich überhaupt nicht und sie werden versuchen dir einzureden, dass du beleidigt sein sollst. Schenke ihnen keine Aufmerksamkeit. Behalte Duga in deinem Inneren und alles wird gut. Und manchmal wird dein Gegenüber von deinen Worten und Taten beeindruckt sein und wer weiß, vielleicht wird dies dann sogar in seinen Gedanken, Worten und Taten Ausdruck finden!"

Leichte Tränen kullern Max über die Wangen.

„Ja, nächstes Mal mache ich es besser!" während sich Duga in seiner Bauchgegend auszubreiten beginnt.

✦✦✦✦✦✦

Und so begann Max ständig zu kontrollieren, welchen Gedanken er seine Aufmerksamkeit schenkte. Er hat begonnen mehr auf Duh zu lauschen, welche ihn mit positiven und wunderschönen Geschichten bereicherte. Max begann sich mehr für verschiedene Wissenschaften zu interessieren.

Er wurde kein Experte auf einem Gebiet, doch sein Wissen war ausreichend, um mit jedem in ein Gespräch gehen zu können, ohne als absoluter Laie dazustehen.

Duh begann ihn auch über das Regenbogenland zu erzählen und was nötig war, um dorthin zu gelangen. Das Wichtigste war, diese Verbindung mit Duh und Duga den ganzen Tag nicht zu verlieren, was an manchen Tagen immer noch eine große Herausforderung war. An einigen Tagen war er Zmaj und Gnom hilflos ausgeliefert, aber diese Momente wurden weniger und weniger. Und mehr und mehr war er in der Lage, diese unnützen Gedanken, welche daraufhin in die Tat umgesetzt werden würden, sofort zu erkennen und Zmaj und Gnom abzublocken. So auch bei der folgenden Geschichte.

++++++

Max ist allein zu Hause, sitzt in der Küche und geht seiner neu gefundenen Leidenschaft nach. Duh flüstert und Max führt aus. Manchmal kann Max selbst nicht glauben, was er tut, aber er tut es - aus Liebe und das ist das Wunderschönste, was er sich genau in diesem Moment vorstellen konnte.

Er ist voll in der Arbeit vertieft, als es an der Haustür klingelt.

„Wer kann das sein?“ denkt Max.

Und so kommen Max auf dem Weg zur Haustür alle möglichen Erklärungsversuche in den Sinn. Seine Mutter und sein Vater sind bei der Arbeit. Ein Nachbar? Nein. Hat er eine Verabredung? Nein. Und so war Max gespannt, wen er an der Haustür erblicken wird. Er öffnet die Tür, welche ins Treppenhaus führt und von wo aus er einen direkten Blick auf die gläserne Eingangstür hat.

Er erblickt einen Wanderhändler, welcher ausgerüstet mit einer großen Plastiktasche auf der vorbeiführenden Straße auf sein Erscheinen wartet.

Nun Zmaj von Max hinterlistig: „Du warst grad so schön bei der Sache. Jetzt hat dich dieser Kerl unterbrochen. Das ist natürlich ärgerlich - wimmle ihn ab, dass du wieder zurück an die Arbeit kannst. Du weißt ja, wie wichtig dir das aktuell ist. Also, Tür öffnen, einfach sagen, dass du nix brauchst und wieder zurück in dein Nest!"

Max analysiert kurz, woher dieser Gedanke kommt und lächelt zu sich selbst. „Halt die Klappe, du kleiner Bengel. Nix werde ich tun. Ich werde ihm freundlich die Tür öffnen und ihm zeigen, dass ich ein guter Mensch bin!"

Duh mit einem leichten Wiehern: „Ach Max, du machst mich stolz. Immer weiter so. Und erinnere dich, du hast Socken grad bitter nötig."

Max öffnet die Haustür und empfängt den Fremden mit einem herzigen Lächeln, welches direkt von Duga kommt. Er reicht ihm die Hand und sagt:

„Guten Morgen. Was hast du für mich in deiner großen Plastiktasche versteckt? Aber komm doch rein ins Wohnzimmer, dort ist es gemütlicher und es ist zudem mehr Platz für dein Wandergeschäft."

Er begleitet den Herrn mittleren Alters ins Wohnzimmer, welcher dort gleich beginnt, den Inhalt seines Gepäcks zu präsentieren. So hat er auch Socken mit dabei, welche Max benötigt. Auch lassen sich noch weitere Sachen für ihn finden.

Zwischen den beiden entsteht ein schönes, persönliches Gespräch, in welchem Max erfährt, dass der Herr aus Marokko stammt. Und auf die Frage, ob dort das Wandergeschäft üblich ist, bekommt Max die Antwort, dass dies dort eine Art Tradition darstellt, aber zunehmend durch die Kurzlebigkeit dieser Zeit in Vergessenheit zu geraten droht.

Daraufhin tauchen in Max unzählige Gedanken auf, welche ihn an seinen Ort erinnern, in welchem noch vor kurzer Zeit der Bäcker mit dem Dreirad daherkam, um selbst zubereitetes, frisches Brot zu verkaufen. Da war auch der Messerschleifer oder Schuster, um nützliche Arbeiten zu verrichten. Doch nun ist auch hier alles anders geworden. Alles muss schnell gehen, alles ist verpackt, alles ist digital.

An sich ist daran nichts falsch, aber wir haben dadurch definitiv wichtige Werte verloren und verschenken unsere wertvolle Aufmerksamkeit oft an die digitale Welt. Zudem erinnert sich Max an die Geschichte mit Malli und Erdi, welche mit dem neu gefundenen Lebensstil der modernen Gesellschaft, in direktem und traurigem Zusammenhang steht.

"Dabei genügt es, darauf zu achten, wie wir mittlerweile mit den Tieren umgehen, um zu verstehen, wie es um die Menschen, die Gesellschaft und die Erde selbst bestellt ist", denkt Max mit schwerem Gewissen für sich.

Als sich Max mit neuen Socken und Unterwäsche eingedeckt hat und der freundliche Herr die Rechnung zeigt, begibt sich Max in den Korridor, um seine Brieftasche zu holen.

Duh meint in einem mitfühlenden und liebenden Ton: „Max, gib ihn ein wenig mehr. Für dich bedeutet es nicht so viel, wie für diesen Herren, welcher in seinem Überlebenskampf, hier von Haus zu Haus geht. Zeig ihm, dass du das aus reinem Herzen tust und du wirst nicht enttäuscht werden.“

Max legt zu dem geforderten Preis einige Geldscheine hinzu und übergibt sie dem Herrn mit einem wohlwollenden Lächeln. Als dieser es erkennt, nimmt er Max, ohne Vorwarnung in den Arm und drückt ihn mit einer Herzenswärme, welche Max selten zuvor gefühlt hat.

„Du bist ein wahrer Bruder!“

Max fühlt ganz klar, dass diese Worte direkt von Duga kommen und er ist zutiefst berührt. In ihm steigt ein behagliches Gefühl auf, überschwemmt ihn mit Glückseligkeit, sodass er den Moment solange wie nur möglich auskosten möchte. Max weiß, dass Duga in ihm wirkt.

Nach dieser herzigen Umarmung schenkt der Wanderhändler Max einige seiner Waren, was Max zu folgenden Gedanken bringt:

„Diese Menschen haben so wenig und trotzdem geben sie ab, von dem, was sie haben. Eine Eigenschaft, welche Menschen mit Wohlstand eindeutig verloren haben. Zudem bekommen einfache Menschen in unserer Gesellschaft kaum noch die Gelegenheit ihr Licht aufscheinen zu lassen."

Max begleitet den Herrn zur Haustür und wünscht ihm alles Gute. Aber Max ist sich vollkommen bewusst, dass in diesem Moment eine Art Kommunikation stattfindet, welche keiner Worte bedarf. Es ist eine Verbindung zwischen zwei Menschen, in welchen sich Duga manifestiert.

++++++

In der fabelhaften Welt von Duh dem Einhorn und Zmaj dem Drachen offenbarte sich Max ein kostbarer Augenblick. Glücklicherweise erkannte Max rechtzeitig die Machenschaften von Zmaj und befreite sich, um das wundervolle Gefühl von Duga zu erleben. Hätte er auf Zmaj gehört, wäre dieses magische Erlebnis nie zustande gekommen. Dieser Moment lehrte ihn die unermessliche Bedeutung, die darin liegt, genau zu verstehen, wem man seine Aufmerksamkeit schenkt.

Duh, die Verkörperung seines positiven Denkens, führte Max durch Prüfungen, in denen er seine innere Stärke unter Beweis stellen konnte. Mit jeder gemeisterten Herausforderung klärte sich sein Blick, und er erkannte die Schablonenhaftigkeit und Torheit, mit der er zuvor auf Ereignisse reagiert hatte.

Max hat nun erkannt, dass die ersten Reaktionen in einer Situation aus dem Unterbewusstsein stammen. Daher ist es von entscheidender Bedeutung, nur klare Gedanken, wie Wasserperlen mit der Färbung durch Duh, in den Ozean des Unbekannten zu geben. Auf diese Weise verwandelt sich das Wasser in seinem Inneren zu reinem, klarem Bergquellwasser, und er taucht ein in die unverfälschte Schönheit seines eigenen Denkens.

Es ist eine tiefe Bereicherung, selbstlos Menschen beizustehen und zu helfen. Mit all diesen Erkenntnissen und einem zufriedenen, breiten Lächeln sitzt Max in der Küche und vertieft sich erneut in seine Leidenschaft.

UND DANN KAM DAS REGENBOGENLAND

Madison steht allein in der Küche und ist dabei das Mittagessen vorzubereiten. Als sie beginnt, die Zwiebel fein zu hacken, kommen ihr Gedanken von ihrer Jugend- und Studienzeit in den Kopf.

„Wie dumm und naiv ich damals nur war. Ich wollte irgendjemand sein - etwas erreichen."

Die damalige Lebensweise lässt sich unmöglich mit der heutigen Lebenseinstellung von Madison vergleichen. Zu verschieden sind deren Kerne.

Madison hat erkannt, dass der Weg ins Regenbogenland nur durch ihre eigene innere, qualitative Veränderung möglich ist und dass dies in erster Linie eine große Verantwortung sich selbst gegenüber darstellt. Diese Veränderung setzt bei der Kontrolle der Gedanken an und erfordert eine neue Ausrichtung derselben. Diese bewusste Umorientierung hat ihr bereits viele positive Erlebnisse beschert. Zudem hat sie begonnen, die Erkenntnisse ihrer kleinen Tochter zu vermitteln, denn diese nimmt das Gesagte noch anders wahr und ist sehr dankbar für die gebotene Hilfestellung.

Genau in diesem Moment wird Madison aus ihren Gedanken gerissen. Ihre 6-jährige Tochter, welche vorhin noch mit den Nachbarskindern im Garten gespielt hat, stürmt in Tränen aufgelöst zur Tür herein.

„Was ist passiert?"

Ihre Tochter zeigt keine Bereitschaft zu einem Gespräch, sondern möchte nur von ihrer Mutter in den Arm genommen werden. Als Madison sich auf die Küchenbank setzt und ihre Tochter auf den Schoß nimmt, beginnt ihre Tochter zu seufzen:

„Mama ich bin aus Versehen ans Schienbein von meiner Freundin gekommen und da hat sie gleich geschrien: „Warum passt du nicht auf?“ Aber ich habe es doch nicht mit Absicht getan und es tut mir ja auch Leid.“

Madison drückt ihre Tochter ganz fest und meint:

„Liebes, das darfst du nicht persönlich nehmen. Es waren Zmaj und Gnom, welche deine Freundin dazu angestiftet haben, etwas im Negativen zu sagen. Das hat bei dir wiederum diese beiden Schlawiner aktiviert. Sie haben dir eingeredet, dass du etwas falsch gemacht hast und dass deine Freundin wegen dir so reagiert hat.“

Anfangs will ihre Tochter von all dem nichts wissen. Zu groß ist das Unbehagen in ihrem zarten Inneren.

„Konzentriere dich auf Duh. Was würde sie jetzt tun? Ich gebe dir einen Tipp. Gehe zu deinen Freundinnen, schenke ihnen ein Lächeln und lade sie allesamt zu einer leckeren Bananenmilch bei uns ein. Du wirst sehen, dass sich der Staub, welchen Zmaj und Gnom bei allen Beteiligten aufgewirbelt haben, sich schnell in Luft auflösen wird.“

Ihre Tochter wischt sich die Tränen aus den Augen und ihre Mutter kann ein leichtes Lächeln auf ihrem Gesicht finden. Nur zehn Minuten später sitzen alle Kinder und Madison um den Küchentisch und schlürfen köstliche Bananenmilch.

Als sich die Blicke von Madison und ihrer Tochter treffen, entsteht in beiden ein wohliges Gefühl, denn beiden ist klar, wem sie diesen Moment zu verdanken haben. Und Duga beginnt sich in Madison und ihrer Tochter auszubreiten und beide dürfen das Regenbogenland kurz in sich selbst fühlen.

✦✦✦✦✦✦

Einige Wochen nach diesem Ereignis sind Madison und ihre Tochter wieder gemeinsam zu Hause. Letztere ist im Garten beim Spielen mit ihren Freunden und ihre Mutter bringt die Wohnung auf Vordermann. Als sie gerade dabei ist, im Kinderzimmer Staub zu saugen, entdeckt sie auf dem Schreibtisch einen selbst geschriebenen kleinen Zettel. Während sie beginnt diesen durchzulesen, versteht sie sofort den Inhalt und woher er kommt.

„Der Zmaj ist frech und der Gnom ist es auch. Sie lassen mich weinen. Wie geht es mir, wenn ich Zmaj und Gnom meine Aufmerksamkeit schenke? Wenn ich von beiden angegriffen werde, dann mache ich ganz schnell eine Übung. Und die geht so: Ich atme Luft ein und halte sie an, solange ich kann und dann wieder raus damit. Das tue ich so oft, bis ich Wasser sehe oder fühle. Dann kommt Duh und Vila zu mir und ich weiß, dass ich mit der Übung alles richtig getan habe. Es ist so wichtig immer bei der lieben Duh und Vila zu sein!"

Madison nimmt den Zettel und drückt ihn auf ihre Brust.

„Ja, die Kinder verstehen es viel leichter und besser als die Erwachsenen!

Kinder, zeigt den Erwachsenen was das Regenbogenland ist."

sagt Madison zu sich selbst, während ihr Freudentränen über die Wangen rollen.

✦✦✦✦✦✦

Amadou sitzt angespannt und nervös auf jener Bank, auf welcher er bereits damals saß, als er den Stammesältesten zum Universum befragt hat. Zu jener Zeit hat er sich lediglich informieren wollen, was die Dogon zu diesem Thema wissen. Nun ist es anders. Amadou hat mit Duh gemeinsam die Zeremonien und das Wissen analysiert und so möchte er jetzt mit jenem Mann sprechen, der ihn damals so imponiert hat. Das ist alles andere als einfach, denn Amadou muss dem Gegenüber immer

Respekt zeigen, seine Meinung akzeptieren und was ganz besonders wichtig ist - immer von sich selbst sprechen und nie mit dem Finger zeigen.

Der ältere Herr setzt sich zu ihm auf die Bank und das Herz von Amadou beginnt zu beben und seine Hände zittern.

„Er wird dich doch auslachen. Ein eingesessenes Stammesmitglied wird sich doch nicht von so einem Kind, wie du es bist, beeindrucken lassen. Du bist....“

Amadou kennt das und weiß, woher der Wind weht. Sofort wird die Aufmerksamkeit davon abgelenkt und auf schöne Worte, welche er dem Herrn mitzuteilen hat, gelenkt. Gleich beruhigt sich sein Inneres wieder und er ist von dem, was er zu sagen hat, zu hundert Prozent überzeugt. Amadou hat den Einstieg in das Gespräch lange genug vorbereitet, damit er in den schwierigen ersten Worten nicht gleich ins Stottern gerät.

Nun sitzt der Mann neben ihm und schaut ihm freundlich ins Gesicht, wohl merkend, wie sich Amadou fühlt.

„Nun Amadou, was hast du mir zu sagen?“

Das Herz von Amadou würde sich am liebsten verstecken, so aufgeregt ist er. Ein letztes Mal huschen ihn Ablenkungsversuche von Zmaj und Gnom durch den Kopf, aber er bleibt stark und nimmt seinen ganzen Mut zusammen und spricht:

„Ich habe mir die Zeremonien und das Wissen unseres Stammes etwas genauer angesehen. Sie sind beeindruckend und ich respektiere sie. Ich bin jedoch zu der Erkenntnis gekommen, dass viele Teile auf das Äußere projiziert werden, sie aber unser Inneres repräsentieren.“

Der Mann scheint überrascht zu sein, dass ein so junges Stammesmitglied mit solchen Aussagen aufwartet. Amadou fährt fort:

„So habe ich für mich festgestellt, dass das Ritual mit Amma und dessen vier Söhne auf unser Inneres zeigt. Die vier Söhne versuchen uns tagtäglich von bestimmten Dingen zu überzeugen, welche wir später ausführen."

Der ältere Herr hält kurz inne und sagt dann bescheiden: „Aber das sind die vier Wesen, welche wir um Fruchtbarkeit und andere Dinge bitten, sowie darum, dass uns die Natur gnädig gestimmt ist."

Amadou war darauf vorbereitet, dass sein Gesprächspartner so und nicht anders reagieren wird. Aber er ist gut vorbereitet und kann gleich mit den folgenden Erläuterungen fortsetzen:

„Nach meiner Ansicht befinden wir uns als Persönlichkeit in der Mitte der vier Wesen. Zudem habe ich im Wissen der Dogon etwas entdeckt, das von einer Verbindung Ammas mit den vier Wesen spricht, die uns ununterbrochen durch unsere Gedanken beeinflussen. Amma, in der Mitte der Vier, repräsentiert uns selbst! Obwohl Amma laut unserer Beschreibung auf das Regenbogenland selbst hindeutet und wir Menschen wurden als Abbild von Amma erschaffen!"

„Der Junge hat sich wirklich bemüht und ich kann seine Leidenschaft erkennen. Irgendwie ergibt das alles einen Sinn und doch steht es widersprüchlich zu meiner Auffassung, welche ich als Kind von meinem Vater gelernt habe. Ich bekam achtsam mitgeteilt, jeden Menschen zu respektieren und hinzuhören, um zu verstehen, was er zu sagen hat." denkt der Mann zu sich selbst, bevor er gutmütig folgende Frage stellt:

„Und wie kommst du zu solchen Aussagen, mein Junge?"

Amadou beginnt ihm seine Geschichte zu erzählen. Wie er sich gefühlt hatte, nachdem er diese Zeitung erhielt und wie diese zwei widersprüchlichen Gedanken in ihm Form angenommen hatten. Zum einen diese Unzufriedenheit, in einem solchen Dorf zu leben und zum anderen, diese schöne Stimme, welche immer positiv und hilfsbereit war.

„Es war diese zutrauliche Stimme, welche mich dazu angestiftet hat, tiefer in das Wissen unseres Stammes einzutauchen und dieses aus einer anderen Perspektive zu sehen. Es war eben auch Duh, welche alles dafür unternommen hat, dass ich hier und jetzt auf dieser Bank sitze, um mit dir darüber zu reden. Duh flüstert dem Menschen eben jene wunderbaren Dinge ein, welche ihn wieder mit dem Regenbogenland verbinden."

Der Mann wirkt nachdenklich und still. Viele Gedanken gehen ihm durch den Kopf. Er versucht das Gesagte irgendwie einzuordnen, es zu vergleichen. Die Worte des Jungen sind so stark und er versteht selbst nicht warum. Nun diese Aussage über das Regenbogenland. Er versinkt in eine Erinnerung aus seiner fernen Vergangenheit, bei welcher ihm sein Urgroßvater etwas gesagt hatte, was er bis heute nicht vergessen konnte:

„Mein Sohn, das nördliche Wesen, der Mond, verbindet uns mit einer anderen Welt. Das darfst du niemals vergessen. Zudem zeigt die Verschmelzung zwischen Mond und Sonne das anzustrebende Ziel."

Amadou sitzt angespannt in dieser entstandenen Stille. Er kann Duga in sich ganz klar spüren, weil er so stark war, seine Wahrheit hier vor einem weisen Herrn zu offenbaren. Das hat richtig viel Mut gebraucht. Und jetzt, wo es raus ist, fühlt er sich erleichtert und doch ist er nervös, da er nicht weiß, wie das Gesagte bei seinem Gegenüber angekommen ist. Er versucht dem Herrn in die Augen zu sehen, doch diese gucken in eine entstandene Leere.

Nach einer kurzen Zeit lenkt der Herr wortlos seinen Blick auf Amadou. Die Situation ist angespannt und es liegt etwas in der Luft, was Amadou nicht beschreiben kann. Als sich die Blicke der beiden treffen, verschmelzen sie ineinander. Amadou weiß nicht so recht, was er denken und wie er mit dieser Situation umgehen soll. Was ist passiert? Er erwartete eine Antwort, welche er aber nicht bekommen hat.

Sie sehen sich immer noch an, als Amadou die nassen Augen des weisen Herren entdeckt. Die ausdruckslose Mimik verwandelt sich langsam in ein bedächtiges Lächeln. Ein paar Tränen haben den Ausweg aus den Augen des Herrn gefunden und rollen langsam die Wangen hinunter. Erleichtert von diesem Anblick, entspannt sich der Körper von Amadou zunehmend und lassen ihn in ein Gefühl, welches von Duh und Duga initiiert wird, eintauchen.

So sitzen sich zwei Menschen gegenüber, welche drei Generationen trennen, und sie empfinden ein Gefühl des Friedens und der Ruhe. Und für einen Moment können sie in die Empfindung des Regenbogenlandes sinken.

✦✦✦✦✦✦

Aarya sitzt auf einem wackeligen Stuhl neben einem Bett, in welchem ihr Bruder tränenüberströmt liegt. Beide halten sich die Hände und drücken diese ganze fest. Sie schaut Aryan mit ungläubigem Blick an und für einen kurzen Moment geht ihr das Geschehene durch den Kopf.

✦✦✦✦✦✦

Es ist noch nicht allzu lange her, als ihr Bruder Aryan krank geworden war. Sie kann sich noch gut an diesen Tag erinnern, als aus dem Krankenhaus diese niederschmetternde Nachricht kam. Sie war so bedrückend, dass alles, was Aarya bis dahin liebte, von einem zum anderen Moment keinen Wert mehr hatte.

Ihr Bruder sollte nach Aussagen der Ärzte nicht mehr lange zu leben haben - eine Sicht auf Besserung oder Heilung gab es nicht. Es war furchtbar. Ein dunkler Vorhang wurde über das einfache Leben von Aarya gezogen. Undurchdringlich für jegliches Licht.

„Dein armer Bruder. Was ist das für ein Leben? Wo ist die Gerechtigkeit? Was ist das für eine grausame Welt? Du warst immer jene, welche auf ihn aufgepasst hat, dass ihm nichts passiert. Jetzt stehst du da, ohne etwas ändern zu können. Was für eine Katastrophe!!!“

An einem Tag scheint noch das Licht und am nächsten Morgen wird alles um 180° gedreht. Und es wird dunkel. Sehr dunkel.

Nach einigen Tagen gelang es Aarya sich aus den pausenlosen Attacken von Zmaj und Gnom zu befreien und sie hörte ab und zu, das Wiehern von Duh:

„Aarya, sei stark!“

Aber das ist in diesen Momenten leichter gesagt als getan.

„Stark sein, stark sein, stark sein. Das hat jemand leicht sagen, wenn alles in Ordnung ist.“

Dieses pausenlose Vergleichen und dieses Hin und Her machten sie fertig.

„Erzähle ihm vom Regenbogenland!“

„Du bist ja verrückt. Was Regenbogenland? Wo lebst du denn?“

„Aber was hat er schon zu verlieren?“

„Jemand liegt im Sterben und du kommst mit solchen Fantasiegeschichten daher. Jetzt hör doch endlich auf!“

„Man kann es doch einmal probieren!!!“

Und in ihrer Hoffnungslosigkeit haben ihr diese letzten Gedanken so gut gefallen, dass sie nach ein paar Tagen mit Duh und Duga all ihre Kraft und ihren Mut zusammengenommen hat, um mit Aryan über das zu sprechen, was ihr Duh bis dahin eingeflüstert hatte.

Aryan kannte seine Schwester gut. Sie war immer hilfsbereit und liebevoll. Und wie oft hat ihn, ihre Sichtweise auf alltägliche Sachen imponiert. Er hatte großen Respekt vor ihren Aussagen und so hat Aryan diese Kraft von Aarya sofort verspürt. Diese Motivation, diese Liebe, diese Überzeugung, dieser Willen!!!

Aryan war beschenkt mit einer großen inneren Stärke. Alles, was er anging, tat er zu hundert Prozent. Und so kam es, dass sich Aryan in dieser Ausweglosigkeit nur noch auf Duh und Duga konzentrierte. Bei Tag und auch bei Nacht. Er veränderte sich grundlegend und bekam eine andere Weltsicht. Und so liegt er heute auf dem Bett im Untersuchungszimmer und hält die Hand jenes Mädchens, welches ihm vor einem knappen Jahr von diesen wunderschönen Dingen erzählt hatte.

Die Krankheit hat ihn verlassen, spurlos verschwunden, wie der Schatten eines Traumes. Aryan und Aarya stehen vor einem Wunder, dessen Glanz sie in Worte zu fassen, nicht vermögen. Eine unbeschreibliche Freude durchströmt sie, ein Gefühl, das den Vergleich in dieser Welt der Worte übersteigt.

„Die Liebe des Regenbogenlandes, sie ist stets in uns gegenwärtig. Wir müssen sie nur entdecken!“ flüstern beide gleichzeitig, als würde ihr inneres Leuchtfeuer, im harmonischen Einklang mit den Farben des unsichtbaren Spektrums schwingen.

✦✦✦✦✦✦

Nun sitzt Max also in der Küche und bereitet sich Kakao zu. Er gibt einen Löffel mit Kakao in die heiße Milch und rührt diese bedachtsam um. Er beobachtet, wie sich die Milch langsam in eine braune Flüssigkeit verwandelt und wie sich der Schaum an der Oberfläche verhält. Dabei begibt sich Max in den Einhornbau von Duh, welchen er in der letzten Zeit, öfters einen Besuch abgestattet hat. Denn Duh gemeinsam mit Duga haben die Fähigkeit, jede Perle im trüben Wasser des weltlichen Sumpfes zu finden.

„Ich rühre den Kakao um und dabei bilden sich am Rand der Schale weitere kleinere Wirbel. So hat es Duh immer erklärt. Dasselbe ist auch beim Universum. Es dreht sich spiralförmig und dabei bilden sich kleinere Wirbel, die wir Galaxien nennen. Dabei kann diese Bewegung noch in vielen anderen Orten beobachtet werden. Ob bei der Erde, welche sich um die Sonne dreht, oder wie unser Haar wächst. Es ist immer das gleiche Muster. Das wissen sogar die Dogon in Afrika."

Max richtet seine Aufmerksamkeit wieder auf die Schale mit Kakao, in der er gerade dabei ist, Weißbrot mit reichlich Schokoladencreme einzutauchen. Dabei gehen Max verschiedene Gedanken durch den Kopf:

„Wie sehr sich mein Leben doch verändert hat. Ich kann mich nicht wiedererkennen. Wenn die Menschen wüssten, welchen Dingen ich den ganzen Tag meine Aufmerksamkeit gebe, würden viele von ihnen nur schmunzeln. Aber was soll ich sagen? Ich bin glücklich und möchte keine meiner jetzigen Erfahrungen missen. Niemals!

Dabei ist die Lösung so unerwartet einfach. Ich habe die beiden Schlawiner zur rechten und linken Seite unter Kontrolle, verfolge ihre Schatten und Bewegungen auf Schritt und Tritt. In diesem Tanz der Wachsamkeit suche ich nach den leisen Echos von Duh in mir, die sich teilweise als Intuition, dem Bauchgefühl offenbaren. Welche frommen Wege würde Duh in dieser Veränderung gehen? Was geschieht in mir und mit mir, wenn ich mich für sie entscheide und es mir gelingt, Zmaj und Gnom fernzuhalten. Ihnen die Aufmerksamkeit entziehe, um mich ganz Duh hinzugeben, um von ihr vertrauensvoll ***geleitet*** *zu werden. Mit einem Mal fühle ich, wie ein sanfter Übergang, ein Weg ins Regenbogenland entsteht, da sich alles auf das Dienen, auf das Wertvolle ausrichtet.*

Da ist dieser Sog ins Schöne, da ich mich nicht ständig, mit mir selbst beschäftige und alles hinterfrage, sondern von der universellen Ordnung getragen werde, welche mir Energie schenkt und mir hilft im Fluss des

Lebens zu sein. Wo sich alles mühelos entfaltet, es keiner weiteren Erklärungen bedarf und mit meinem offenen Herzen und dem Fokus auf die Mitmenschen, dem Mitgefühl und dem Hilfe leisten, alles einen Sinn ergibt und die Tage sich in Leichtigkeit zeigen.

Tja und wenn dich eben Duh – das liebevolle Einhorn, wieder einmal anfeuert, etwas Neues zu versuchen, da sprudeln in mir plötzlich inspirierende Ideen, wie von Zauberhand entstanden.

Da kam, wie aus dem Nichts dieser Gedanke: „Beantworte doch essenzielle Fragen der Menschen auf einer Onlineplattform!"

Gesagt - getan. Das ist echt schön. Und dieser wunderschöne Austausch von Fragen und Antworten, welchen ich in den letzten Tagen genießen konnte, ist so wertvoll und mit nichts in der Welt zu bezahlen. Ja, mit diesen Menschen, wo Duh und Duga ihre Wirkung auf wundervolle Weise zeigen, fühle ich mich verbunden.

Warum gibt es so wenig Menschen, welche vom Regenbogenland wissen?

Die Gesellschaft ist blind! Die Gesellschaft ist grausam! Die Gesellschaft lebt in der begrenzten Welt ihres eigenen Alltagsbewusstseins!!!

Menschen scheinen sich wie Roboter zu verhalten, indem sie zunehmend in der digitalen Welt versinken, hinter welcher bereits eine künstliche Intelligenz darauf lauert, merklich in das Weltgeschehen einzugreifen.

Ihr Verhalten ist völlig abhängig von den äußeren Umständen. Sie sind nicht lebendig. Sie sind nicht die Gestalter ihres Lebens. Ihr Leben ist völlig auf ihren Verstand bezogen. Sie existieren im Gefängnis einer Realität aus zweiter Hand.

Die Menschen wollen immer mehr und mehr. Dieser Wunsch, "mehr" zu wollen, führt sie in die entgegengesetzte Richtung - weg von sich selbst, weg von Duh und Duga, weg vom Regenbogenland. Sie sind zu beschäftigt, um das Leben überhaupt zu sehen! Sie sind zu gleichgültig und achtlos, um sich selbst anzuschauen, sie haben Angst, ehrlich zu sein, sie haben Angst, innezuhalten und zu beobachten. Sie versuchen immer, sich zu beschäftigen, um ihre Leere nicht zu sehen. Sie haben Angst, sich der Wahrheit zu stellen! Sie haben Angst vor sich selbst.

In ihrem Streben nach "mehr" begehen Menschen das schreckliche Vergehen der Sünde, indem sie einen anderen Menschen verletzen, um den Schmerz in sich selbst verdrängen zu können. Sie versuchen ständig, der Beste zu sein, auf Kosten anderer! Diese illusorische Welt, welche über der Wahrhaftigkeit des Lebens schwebt, ist die Ursache für all das Leid, das wir der Natur, den Pflanzen und den Tieren, und folglich unserem Planeten Erde zufügen!

Das Leben des Menschen ist so kurz und bietet eine Vielfalt der Möglichkeiten von Erfahrungen. Zum Leidwesen aller Menschen versucht die Mehrheit in ihrem unbewussten Handeln, so viel wie nur möglich zu bekommen, ohne sich darüber im Klaren zu sein, dass die folgenden Generationen eine Lebensgrundlage benötigen.

Alles, was uns in unserem täglichen Leben umgibt – seien es Autos, Häuser oder Kleidung –, entspringt den Ressourcen unserer Mutter Erde. Doch mit dem Streben nach Luxus leben wir auf Kosten unseres Heimatplaneten, der diese Belastung womöglich nicht mehr allzu lange ertragen kann. Es ist an der Zeit, die drängende Realität zu erkennen: Unsere Lebensweise gefährdet die Grundlagen unseres Planeten, und es liegt an uns, dies zu ändern, bevor es zu spät ist.

Das Leben verlangt nichts Besonderes von jeden. Es möchte Aufmerksamkeit, Beobachtung und Hingabe. Das Leben bietet alle

Chancen, um innezuhalten und bewusst nach innen zu schauen. Wer bin ich wirklich? Wer bin ich, dass ich so grausam zu mir selbst, zu anderen und zum Leben selbst bin? Warum liebe ich mich nicht so, wie ich bin? Warum will ich immer mehr? Warum laufe ich immer weg und jage dem vorübergehenden Glück hinterher? Wohin renne ich?

Wie viele aus der heutigen Gesellschaft sind in der Lage innezuhalten, nach innen zu schauen, zu sterben oder zu leben? Nicht viele! Das ist der Grund, warum so wenige vom Regenbogenland wissen.

Nur wer sich selbst öffnet, sich selbst erkennt, findet die innere Verschmelzung mit dem wahrhaftigen Sein.

Öffnet eure Augen! Liebt euch!

In Liebe

Diese Worte gehen mir so nahe, dass mir ein Schauer über den Rücken läuft. Aber nicht jene Art von Schauer, welcher entsteht, wenn Zmaj oder Gnom mich wieder mal in die Knie zu zwingen versuchen. Nein! Er ist anders. Er fühlt sich wohlig und warm an und erzeugt eine Energie im Unterbauch, welche dann über die Wirbelsäule nach oben schießt.

Ach du meine Güte, bin ich schusselig. Schau dir das doch an! Der ganze Kakao verteilt sich gerade schön auf dem Küchentisch. Jetzt wollte ich die Schale noch am Umkippen hindern und habe es dabei noch schlimmer gemacht. Meine alte Schale, welche ich als Kind bekommen habe, liegt in tausend Einzelstücken verteilt auf dem Fußboden.

Immer alles positiv sehen!

Naja, was will ich da schon positiv sehen. Aber na gut, es ist auch kein ***Weltuntergang****!!!*

Da hat es doch eine Scherbe bis ganz nach hinten geschafft! Du kleiner Ausreißer! Aber ich komm dich schon holen.

Geschafft!

Was ist das?

Ach herrje, welche schöne Erinnerung. Das kleine Einhorn, welches ich damals ein paar Tage nach diesem ominösen Tagebucheintrag an der Unterseite der Sitzbank gemalt habe! In meinem kleinen Reich habe ich mir eine Decke über die Sitzbank gezogen, um es gemütlich zu haben und ungestört zu sein. Und ausgerüstet mit Wachsmalstiften und Taschenlampe habe ich meine damaligen Gefühle zum Besten gegeben.

Ja, es bewegt sich etwas in meiner Bauchgegend - es ist Duga!!!

Diese Gefühle kann ich niemandem beschreiben. Sie kann nur jeder selbst entdecken und fühlen lernen.“

✦✦✦✦✦✦

Max sitzt an seinem neu gefundenen Lieblingsplatz. Es ist ein Platz, an welchem er seine Gedanken hemmungslos schweifen lassen und das Geschehene besser einschätzen kann. Dabei entstehen immer wieder neue Erkenntnisse in ihm. Das liegt hauptsächlich an dem wunderschönen Hintergrundgeräusch, welches an diesem Ort in verschiedenen Facetten, um sein Ohr tanzt. Mal laut, mal still, mal aufbrausend und manchmal berührend. Es ist der Klang des Wassers, welcher es schafft, Max aus seinem täglichen Leben zu reißen und wie in einer Oase für ihn zu beanspruchen. So auch heute.

„Was für ein wunderschöner Tag das heute ist! Ich sitze an meinem Lieblingsplatz und beobachte, wie das Wasser, sich seinen Weg in Richtung Ozean bahnt. Dabei erzeugt es verschiedene Geräusche, welche ein Gefühl des Friedens in mir auslösen."

Dabei hat der Tag mit einer weiteren Lektion begonnen. An diesem Morgen hat Max von seiner Mutter erfahren, dass nicht allzu weit von ihm entfernt, eine Naturkatastrophe Kummer und Schmerz gebracht hat. Max hat dabei vergessen, diese Situation aus der Sicht von Duh zu sehen und hat aus Mitleid für die Menschen vor Ort, Zmaj und Gnom die Tür geöffnet. Daraufhin haben Bilder und Gedanken der aktuellen Lage, sein Bewusstsein geflutet. Dieses hat dazu geführt, dass sich Max zwar an seinem Lieblingsplatz befunden hat, aber sich irgendwie alles anders und eigenartig angefühlt hat.

„Das war vorhin wie eine riesengroße Alarmglocke."

Er hat gleich verstanden, was schiefgelaufen war und hat begonnen, seine Gedanken mit Nachdruck auf die Seite von Duh zu schlagen:

"Mit diesem Ereignis hat die Menschheit die Gelegenheit erhalten, ihre Fähigkeit zum gemeinschaftlichen Handeln unter Beweis zu stellen, denn nur so kann sie ihr eigenes Überleben sichern. Es geht darum, Menschlichkeit in die Praxis umzusetzen. Anstatt die Lebensenergie in Form von Geld zu verwenden, ist es wichtiger mit persönlichem Zutun den Menschen vor Ort, in den Krisengebieten zu helfen, damit ihre Ängste und Unsicherheiten gelindert werden."

Als Max begonnen hat, seine Gedanken Duh zu widmen, hat sich das dunkle Nebelgewitter in seinem Kopf langsam zurückgezogen und die Sonne hat begonnen von einem klaren, blauen Himmel zu strahlen.

Max beobachtet die verschiedenen Flussabschnitte. Etwas weiter entfernt sorgen Stromschnellen und kleine Wasserfälle für tosende und wasserspuckende Wirbel. Ganz nah bei Max fließt das Wasser ruhig an einem Seitenarm des Baches entlang, welcher es mit gelegentlichen Tropfgeräuschen schafft, die Aufmerksamkeit von Max auf sich zu ziehen, auch wenn sie im Normalfall im Lärm der vorbeiziehenden Wassermassen unterzugehen scheinen.

„Wasser ist etwas soooo Großartiges. Es hat so viele Eigenschaften wie kein anderes Element."

Max greift mit seiner Hand in das seichte Wasser und holt dabei einen wunderschön geschliffenen Stein in Form eines Herzens hervor.

„Welche Kraft und schöpferische Gabe das Wasser hat! Wenn ich mir die Steine hier im Bach genauer ansehe, so erkenne ich, wie jeder davon, über einen kurzen oder langen Zeitraum, vom Wasser bearbeitet worden ist. Größere Steine zeigen sogar Anzeichen von Kerben, Rillen und Mulden.

Und man stelle sich vor: Lässt man Wasser mit hohem Druck auf Eisen strömen, so durchtrennt es dieses mit Leichtigkeit."

Max richtet seinen Blick auf den fast wolkenlosen Himmel. Dabei beobachtet er die wenigen verbliebenen Schäfchenwolken, welche von der Windströmung langsam über den Himmel getrieben werden, welcher auf Max wie ein unendlich tiefer Ozean wirkt.

„Wasser kann noch weitere Zustände annehmen. Unter bestimmten äußeren Umständen wird es entweder zu Eis oder im Gegenteil, zu Wasserdampf, welcher seinerseits in der Lage ist, Wolken und folglich Gewitter zu bilden, um dabei in Form von Wassertropfen oder Schneeflocken wieder auf die Erde zurückzufallen."

Nach einem tiefen Atemzug orientiert Max seinen Blick wieder auf den gefundenen Stein.

„Wasser ist zudem in allem enthalten, was wir mit unseren Augen beobachten können. Der menschliche Körper, zum Beispiel, besteht größtenteils aus Wasser. Aber Wasser ist auch in einem Stein, genauso wie in einer Flamme enthalten. Ja, sogar in der Sonne sind seine zwei Bestandteile in Form von Sauerstoff und Wasserstoff vorhanden."

Ehrfürchtig lässt Max seine Hand durch das samtweiche Wasser gleiten. Dabei formt er diese wie eine Baggerschaufel, um damit Wasser aufzunehmen und dieses ganz langsam und bewusst aus seiner Hand zu schlürfen.

„Was für ein Genuss! Als würde ich mit Lebhaftigkeit aufgefüllt. Wasser hat außerdem die Fähigkeit, Informationen zu speichern, was weitreichende Konsequenzen für uns hat. Ob wir uns darüber bewusst sind oder nicht. Unsere Ahnen wussten übrigens von der Wichtigkeit des Wassers und haben es in ihren Texten, Zeremonien und auf Alltagsgegenständen verehrt - aus gutem Grund.

Zum einen macht Wasser die Form des Lebens, welches wir kennen, überhaupt erst möglich. Dieses Element erfüllt im menschlichen Körper allerhand Aufgaben: zum Beispiel den Transport von Sauerstoff und Nährstoffen zu den Zellen oder die Regulierung der Körpertemperatur. Das letztere ist zudem auch für die Erde gültig.

Zum anderen war das Wasser für unsere Ahnen eine Erscheinung des Regenbogenlandes und bildete die Verbundenheit und Liebe zum Wesen der Natur. Warum? Weil es für den Menschen eine andere Art der Wahrnehmung, eine andere Welt bedeutete. Erst vor einigen Tagen habe ich in einem Archäologiebuch über eine alte Zivilisation in Europa folgenden Text gelesen:

«Das wichtigste Wesensmerkmal der Unsterblichen, in ihrer Rolle als Lebensspenderin, war Wasser, das Elixier allen Lebens. Die Urkraft der Natur ist das Meer, das Wasser, es ist das weibliche Wesen, das den Schlüssel des Mysteriums in Händen hält.»

Das ist doch Duga!!! Die wahre Königin aus dem Regenbogenland!!!"

Diese Gedanken lassen Max mit tiefen Gefühlen der Freude und Liebe durchströmen. Diesen wunderschönen Moment nimmt Max als Anlass, sich seinem Inneren zu widmen. Den Gedankenstrom zu minimieren, die Konzentration auf den Atem zu halten, zu fühlen, die Gedanken komplett abzustellen, zu fühlen, einzuatmen, zu fühlen, auszuatmen. Die Hintergrundgeräusche helfen ihm dabei, in eine Art Halbschlaf zu verfallen. Einatmen, fühlen, ausatmen. Max beginnt sich selbst zu vergessen – den Ort, die Zeit, seinen Lebensumstand. Seine gesamte Aufmerksamkeit ist auf seine Innenwelt gerichtet. Diese Praktik übt Max bereits seit einiger Zeit und es ist ihm dabei gelungen an eine bestimmte Schwelle zu stoßen, welche er bislang noch nicht in der Lage war zu überschreiten. So, als würde er in ein Nichts fallen, was ihn aber jedes

Mal aus der Konzentration reißt, da er dahinter etwas vermutet, was er noch nicht kennt.

„Diese Gedanken unter Kontrolle zu halten und die Aufmerksamkeit lange auf etwas zu lenken, ist für mich alles andere als einfach. Doch mit viel Übung habe ich es geschafft, zumindest ein wenig Ordnung in meine Gehirnstube zu bringen!“ lacht Max bei sich.

„Denn, wenn eine ständige Rederei im Kopf stattfindet, kann vom wahren Fühlen keine Rede sein. Und unnötige Gedanken sind bekanntlich ein Gefängnis für den Geist!“ schlussfolgert Max.

„Ich fühle, wie sich mein Inneres beruhigt und Friede und Freude beginnen Überhand zu nehmen. Einatmen, fühlen, ausatmen. Aufmerksamkeit auf den Unterbauch halten. Der Atem wird ein wenig zittrig. Das kenne ich bereits. Kein Grund zur Panik. Einatmen, ausatmen. Alles um mich herum beginnt formlos zu werden – zu verschwimmen. Mein Inneres ist nun absolut ruhig und friedlich. Einatmen, ausatmen. Ich fühle mich leicht. Ohhh… ich merke ich komme dieser Schwelle näher. Einatmen, ausatmen. Diesmal bleibe ich stark. Ich fühle, als würde ich in eine Art Abgrund fliegen, aber ich lasse mich treiben – habe keine Angst. Vor was denn auch? Einatmen, ausatmen. Was ist das? Es scheint wie ein Licht zu sein, dem ich langsam näherkomme! Vergiss nicht, nur fühlen…

O o o o h h m e i n G o t t ! ! ! !

Kann die Wahrheit so einfach sein? Ja, sie kann!“

„Aber das kannst du den Menschen doch nicht schreiben!!!“ faucht Zmaj.

„Warum denn nicht?“

Nachwort

Liebe Mitmenschen,

jeder von uns sieht die Welt mit jenen Augen, mit jenem Verständnis, welches er sich in seinem Leben angeeignet hat. Diese dadurch entstandene Weltsicht entspringt somit in erster Linie den Informationen, welchen er tagtäglich seine Aufmerksamkeit gegeben hat und weiterhin geben wird.

Unsere Aufmerksamkeit ist das grundlegende Maß für unser zukünftiges Schicksal. Und dies gilt nicht nur für einen einzelnen Menschen, sondern auch für die gesamte Menschheit.

Die Veränderung, welche sich aktuell viele Menschen wünschen, kann immer nur bei jedem Einzelnen beginnen und niemand kann erwarten, dass sich das Äußere verändert, ohne dass er sich selbst verändert und somit an sich selbst arbeitet.

Daher ist jeder Einzelne aufgefordert, sich mit seinen Gedanken, dem zu widmen, wohin er seine Lebensenergie lenken und wofür er sie sinnvoll einsetzen möchte. Da das Leben begrenzt ist, ist es wichtig, die Entscheidungen weise zu wählen, denn letztendlich hängt davon das eigene Schicksal und im Großen gesehen, auch das der Menschheit ab.

Jeder Mensch und jede Nation ist einzigartig, geprägt von individuellen Besonderheiten und Traditionen, die unsere Weltsicht formen. Trotz dieser Vielfalt vereint uns das Wesentliche – der gemeinsame Kern als wahre Menschen. Mit unserer inneren Energie, Liebe zu Mitmenschen und der Stimme der Weisheit können wir als friedvolle, fühlende und denkende Wesen die Welt wahrnehmen und handeln. Ein Handeln ohne Liebe erscheint aus Sicht eines wahren Menschen sinnlos.

„Und existiert das Regenbogenland wirklich? Natürlich! Deine Seele sehnt sich sogar danach."

BEITRÄGE VON MITMENSCHEN

In diesem Kapitel sind Beiträge von Lesern abgebildet, welche die Buchentstehung begleitet und ihre Gefühle zum Ausdruck gebracht haben.

Duga

Vila

Zmaj

4 Wesen

Schlüssel zum Regenbogenland

Regenbogenland

Regenbogenland

Vila

Regenbogenland

Farbfrequenzen

Blumenwiese aus dem Regenbogenland

Urkraft in Pink

Baum des Lichts

Kampf Licht vs. Dunkelheit

Das innere Kind

Malli und Erdi

Herzenskraft

Vila

4 Elemente

4 Wesen

✦✦✦✦✦✦

Diese herzerwärmende Geschichte versetzt mich zurück in eine Zeit, in der ich die Welt noch mit Kinderaugen betrachtete – eine Welt, die bunt, hell und voll unendlicher Möglichkeiten war.

✦✦✦✦✦✦

Lieber Autor,

ich gratuliere dir zu diesem wunderbaren Buch. All die Geschichten mögen die Kinder, wie auch die Erwachsenen auf ihrem Lebensweg stets daran erinnern, Achtsamkeit zu üben. Wer achtsam lebt, ist glücklicher.

Ich bewundere die Indianer, weil sie stark mit der Natur verbunden sind und die Gesetzmäßigkeiten des Lebens seit Jahrhunderten kennen. Deshalb erzählen sie ihren Kindern diese wunderbare Geschichte:

Welchen Wolf fütterst du?

Eines Abends erzählte ein alter Indianer seinem Enkel vom Kampf, der in jedem Menschen tobt:

„In unserem Herzen leben zwei Wölfe. Sie kämpfen oft miteinander. Der eine Wolf ist der Wolf der Dunkelheit, der Ängste, des Misstrauens und der Verzweiflung. Er trägt in sich Zorn, Neid, Eifersucht, Sorgen, Schmerz, Gier, Selbstmitleid, Überheblichkeit, Lügen und falschen Stolz.

Der andere Wolf ist der Wolf des Lichts, des Vertrauens, der Hoffnung, der Freude und der Liebe. Er trägt in sich Gelassenheit, Heiterkeit, Güte, Wohlwollen, Zuneigung, Großzügigkeit, Aufrichtigkeit, Mitgefühl und Zuversicht!"

Der kleine Indianer dachte einige Zeit über die Worte seines Großvaters nach und fragte ihn dann:

„Und welcher Wolf gewinnt?"

Der alte Indianer antwortete: „Jener, den du fütterst."

Ein Buch unseres Lebens beginnt,
unbeschriebene Seiten liegen da.
Ich sehe uns Bildhaftes zu kreieren,
mit jedem Wort wird Liebe gewahr.

Liebe ist Dasein in steter Hoffnung,
getragen durch Stürme und Leid.
Vergibt die Stunden der Schwere,
die Seele wird vom Schatten befreit.

Liebe ist ein tiefes Lichtgefühl,
vermehrt sich, wenn wir geben.
Unser Herz weitet sich, pulst,
in dem Zeitstrahl, in dem wir leben.

Ilonka Männel

ISBN 978-3-7584-5491-2
9 783758 454912 0000
www.epubli.com